CARTOGRAFUL PUTERII

权力之图的绘制者

Gabriel Chifu

[罗马尼亚] 加布里埃尔·基富 / 著
林亭 周关超 / 译

修订版

南方出版传媒
花城出版社
中国·广州

图书在版编目（ＣＩＰ）数据

权力之图的绘制者 /（罗）加布里埃尔·基富著；林亭，周关超译. -- 2版. -- 广州：花城出版社，2018.6
（蓝色东欧 / 高兴主编. 第1辑）
ISBN 978-7-5360-8044-7

Ⅰ. ①权… Ⅱ. ①加… ②林… ③周… Ⅲ. ①长篇小说－罗马尼亚－现代 Ⅳ. ①I542.45

中国版本图书馆CIP数据核字(2018)第022749号

书名原文：CARTOGRAFUL PUTERII
作者：GABRIEL CHIFU

出 版 人：詹秀敏
丛书策划：朱燕玲 孙虹
出版统筹：李倩倩 夏显夫 欧阳佳子
责任编辑：黎萍
技术编辑：薛伟民 凌春梅
装帧设计：棱角视觉 ANGULAR VISION
封面供图：子夏

书 名	权力之图的绘制者 QUAN LI ZHI TU DE HUI ZHI ZHE
出版发行	花城出版社 （广州市环市东路水荫路 11 号）
经 销	全国新华书店
印 刷	恒美印务（广州）有限公司 （广州南沙经济技术开发区环市大道南路 334 号）
开 本	880 毫米×1230 毫米 32 开
印 张	6 2 插页
字 数	160,000 字
版 次	2012 年 1 月第 1 版 2018 年 6 月第 2 版 2018 年 6 月第 2 版第 1 次印刷
定 价	32.00 元

本书中文专有出版权归花城出版社独家所有，非经本社同意不得连载、摘编或复制。
如发现印装质量问题，请直接与印刷厂联系调换。
购书热线：020 - 37604658 37602954
欢迎登陆花城出版社网址：http://www.fcph.com.cn

权力之图的绘制者

目 录
CONTENTS

记忆，阅读，另一种目光（总序）/ 高兴 / 1
虚幻即真实：巴尔干的浮士德（中译本前言）/ 林亭　周关超 / 1

第一章 / 1
第二章 / 10
第三章 / 16
第四章 / 22
第五章 / 37
第六章 / 46
第七章 / 52
第八章 / 58
第九章 / 69
第十章 / 85
第十一章 / 87
第十二章 / 92
第十三章 / 97
第十四章 / 111
第十五章 / 120

第十六章 / 121

第十七章 / 124

第十八章 / 127

第十九章 / 131

第二十章 / 135

第二十一章 / 138

第二十二章 / 142

第二十三章 / 151

第二十四章 / 158

第二十五章 / 163

记忆，阅读，另一种目光

（总序）

高兴

昆德拉说过："人的一生注定扎根于前十年中。"我想稍稍修改一下他的说法："人的一生注定扎根于童年和少年中。"童年和少年确定内心的基调，影响一生的基本走向。

不得不承认，二十世纪五六十年代出生的人都有着不同程度的俄罗斯情结和东欧情结。这与我们的成长有关，与我们的童年、少年和青春岁月有关。而那段岁月中，电影，尤其是露天电影又有着怎样重要的影响。那时，少有的几部外国电影便是最最好看的电影，它们大多来自东欧国家，几乎吸引了所有人的目光，是我们童年的节日。在某种意义上，甚至可以说，它们还是我们的艺术启蒙和人生启蒙，构成童年最温馨、最美好和最结实的部分。

还有电影中的台词和暗号。你怎能忘记那些台词和暗号。它们已成为我们青春的经典。最最难忘的是《瓦尔特保卫萨拉热窝》。"'空气在颤抖,仿佛天空在燃烧。''是啊,暴风雨来了。'""看,这座城市,它就是瓦尔特。"简直就是诗歌。是我们接触到的最初的诗歌。那么悲壮有力的诗歌。真正有震撼力的诗歌。诗歌,就这样和英雄主义和浪漫主义,紧紧地连接在了一道。

还有那些柔情的诗歌。裴多菲,爱明内斯库,密茨凯维奇。要知道,在二十世纪七八十年代,读到他们的诗句,绝对会有触电般的感觉。而所有这一切,似乎就浓缩成了几粒种子,在内心深处生根,发芽,成长为东欧情结之树。

然而,时过境迁,我们需要重新打量"东欧"以及"东欧文学"这一概念。严格来说,"东欧"是个政治概念,也是个历史概念。过去,它主要指波兰、捷克斯洛伐克、匈牙利、罗马尼亚、保加利亚、南斯拉夫、阿尔巴尼亚七个国家。因此,在当时,"东欧文学"也就是指上述七个国家的文学。这七个国家,加上原先的东德,都曾经是以苏联为首的华沙条约组织的成员。

一九八九年底,东欧发生剧变。此后,苏联解体,华沙条约组织解散,捷克和斯洛伐克分离,南斯拉夫各共和国相继独立,所有这些都在不断改变着"东欧"这一概念。而实际情况是,波兰、捷克、匈牙利、罗马尼亚等国家甚至都不再愿意被称为东欧国家,它们更愿意被称为中欧或中南欧国家。同样,不少上述国家的作家也竭力抵制和否定这一概念。在他们看来,东欧是个高度政治化、笼统化的概念,对文学定位和评判,不太有利。这是一种微妙的姿态。在这种姿态中,民族自尊心也发挥着不可估量的作用。

但在中国,"东欧"和"东欧文学"这一概念早已深入人心,有广泛的群众和读者基础,有一定的号召力和亲和力。因此,继续使用"东欧"和"东欧文学"这一概念,我觉得无可厚非,有利于研究、译介和推广这些特定国家的文学作品。事实上,欧美一些大学、研究中心也还在继续使用这一概念。只不过，今日，当我们提到这一概念，涉及的就不仅仅是七个国家，而应该包含更多的国家：立陶宛、摩尔多瓦等独联体国家，还有波黑、克罗地亚、斯洛文尼亚、塞尔维亚、黑山等从南斯拉夫联盟独立出来的国家。我们之所以还能把它们作为一个整体来谈论，是因为它们有着太多的共同点：都是欧洲弱小国家，历史上都曾不断遭受侵略、瓜分、吞并和异族统治，都曾把民族复兴当作最高目标，都是到了十九世纪末二十世纪初才相继获得独立，或得到统一，第二次世界大战后都走过一段相同或相似的社会主义道路，一九八九年后又相继推翻了共产党政权，走上了资本主义发展道路。之后，又几乎都把加入北约、进入欧盟当作国家政策的重中之重。这二十年来，发展得都不太顺当，作家和文学都陷入不同程度的困境。用饱经风雨、饱经磨难来形容这些国家，十分恰当。

换一个角度，侵略，瓜分，异族统治，动荡，迁徙，这一切同时也意味着方方面面的影响和交融。甚至可以说，影响和交融，是东欧文化和文学的两个关键词。看一看布拉格吧。生长在布拉格的捷克著名小说家伊凡·克里玛，在谈到自己的城市时，有一种掩饰不住的骄傲："这是一个神秘的和令人兴奋的城市，有着数十年甚至几个世纪生活在一起的三种文化优异的和富有刺激性的混合，从而创造了一种激发人们创造的空气，即捷克、德国和犹太文化。"[①]

克里玛又借用被他称作"说德语的布拉格人"乌兹迪尔的笔为我们描绘了一个形象的、感性的、有声有色的布拉格。这是一个具有超民族性的神秘世界。在这里，你很容易成为一个世界主义者。这里有幽静的小巷、热闹的夜总会、露天舞台、剧院和形形色色的小餐馆、小店铺、小咖啡屋和小酒店。还有无数学生社团和文艺沙龙。自然也有五花八门的妓院和赌场。布拉格是敞开的，是包容的，是休闲的，是艺术的，是世俗的，有时还是颓废的。

[①] 见伊凡·克里玛《布拉格精神》第44页，崔卫平译，作家出版社1998年版。

布拉格也是一个有着无数伤口的城市。战争、暴力、流亡、占领、起义、颠覆、出卖和解放充满了这个城市的历史。饱经磨难和沧桑，却依然存在，且魅力不减，用克里玛的话说，那是因为它非常结实，有罕见的从灾难中重新恢复的能力，有不屈不挠同时又灵活善变的精神。如果要用一个词来形容布拉格的话，克里玛觉得就是：悖谬。悖谬是布拉格的精神。

或许悖谬恰恰是艺术的福音，是艺术的全部深刻所在。要不然从这里怎会走出如此众多的杰出人物：德沃夏克，雅那切克，斯美塔那，哈谢克，卡夫卡，布洛德，里尔克，塞弗尔特，等等。这一大串的名字就足以让我们对这座中欧古城表示敬意。

布拉格如此，萨拉热窝、华沙、布加勒斯特、克拉科夫、布达佩斯等众多东欧城市，均如此。走进这些城市，你都会看到一道道影响和交融的影子。

在影响和交融中，确立并发出自己的声音，十分重要。不少东欧作家为此做出了开拓性和创造性的贡献。我们不妨将哈谢克和贡布罗维奇当作两个案例，稍加分析。

说到捷克作家哈谢克，我们会想起他的代表作《好兵帅克》。以往，谈论这部作品，人们往往仅仅停留于政治性评价。这不够全面，也容易流于庸俗。《好兵帅克》几乎没有什么中心情节，有的只是一堆零碎的琐事，有的只是帅克闹出的一个又一个的乱子，有的只是幽默和讽刺。可以说，幽默和讽刺是哈谢克的基本语调。正是在幽默和讽刺中，战争变成了一个喜剧大舞台，帅克变成了一个喜剧大明星，一个典型的"反英雄"。看得出，哈谢克在写帅克的时候，并没有考虑什么文学的严肃性。很大程度上，他恰恰要打破文学的严肃性和神圣感。他就想让大家哈哈一笑。至于笑过之后的感悟，那就是读者自己的事情了。这种轻松的姿态反而让他彻底放开了。借用帅克这一人物，哈谢克把皇帝、奥匈帝国、密探、将军、走狗等等统统给骂了。他骂得很过瘾，很解气，很痛快。读者，尤其是捷克读者，读得也很过瘾，很解气，很痛快。幽默和讽刺于是又变成了一件有力的武器，特别适用于捷克这么一个弱小的民族。哈谢克最大的贡献也正在于此：为捷克民族和捷克文学找到了一种声音，确立了一种传统。

而波兰作家贡布罗维奇与哈谢克不同，恰恰是以反传统而引起世人瞩目的。他坚决主张让文学独立自主。在二十世纪三四十年代，贡布罗维奇的作品在波兰文坛显得格外怪异离谱，他的文字往往夸张扭曲，人物常常是漫画式的，他们随时都受到外界的侵扰和威胁，内心充满了不安和恐惧，像一群长不大的孩子。作家并不依靠完整的故事情节，而是主要通过人物荒诞怪僻的行为，表现社会的混乱、荒谬和丑恶，表现外部世界对人性的影响和摧残，表现人类的无奈和异化以及人际关系的异常和紧张。长篇小说《费尔迪杜凯》就充分体现出了他的艺术个性和创作特色。

捷克的赫拉巴尔、昆德拉、克里玛、霍朗，波兰的米沃什、赫贝特、希姆博尔斯卡，罗马尼亚的埃里亚德、索雷斯库、齐奥朗，匈牙利的凯尔泰斯、艾什特哈兹，塞尔维亚的帕维奇、波帕，阿尔巴尼亚的卡达莱……如此具有独特风格和魅力的当代东欧作家实在是不胜枚举。

某种程度上，东欧曾经高度政治化的现实，以及多灾多难的痛苦经历，恰好为文学和文学家提供了特别的土壤。没有捷克经历，昆德拉不可能成为现在的昆德拉，不可能写出《可笑的爱》《玩笑》《不朽》和《难以承受的存在之轻》这样独特的杰作。没有波兰经历，米沃什也不可能成为我们所熟悉的将道德感同诗意紧密融合的诗歌大师。但另一方面，需要注意的是，由于语言的局限以及话语权的控制，东欧文学也极易被涂上浓郁的意识形态色彩。应该承认，恰恰是意识形态色彩成全了不少作家的声名。昆德拉如此。卡达莱如此。马内阿如此。赫尔塔·米勒亦如此。我们在阅读和研究这些作家时，需要格外地警惕。过分地强调政治性，有可能会忽略他们的艺术性和丰富性。而过分地强调艺术性，又有可能会看不到他们的政治性和复杂性。如何客观地、准确地认识和评价他们，同样需要我们的敏感和平衡。

　　一个美国作家，一个英国作家，或一个法国作家，在写出一部作品时，就已自然而然地拥有了世界各地广大的读者，因而，不管自觉与否，他，或她，很容易获得一种语言和心理上的优越感和骄傲感。这种感觉东欧作家难以体会。有抱负的东欧作家往往会生出一种紧迫感和危机感。他们要用尽全力将弱势转化为优势。昆德拉就反复强调，身处小国，你"要么做一个可怜的、眼光狭窄的人"，要么成为一个广闻博识的"世界性的人"。别无选择，有时，恰恰是最好的选择。因此，东欧作家大多会自觉地"同其他诗人，其他世界，和其他传统相遇"（萨拉蒙语）。昆德拉、米沃什、齐奥朗、贡布罗维奇、赫贝特、卡达莱、萨拉蒙等等东欧作家都最终成为"世界性的人"。

　　关注东欧文学，我们会发现，不少作家，基本上，都在出走后，都在定居那些发达国家后，才获得一定的国际声誉。贡布罗维奇、昆德拉、齐奥朗、埃里亚德、扎加耶夫斯基、米沃什、马内阿、史克沃莱茨基等等都属于这样的情形。各种各样的原因，让他们选择了出走。生活和写作环境、意识形态原因、文学抱负、机缘等，都有。再说，东欧国家都是小国，读者有限，天地有限。

　　在走和留之间，这基本上是所有东欧作家都会面临的问题。因此，我们谈论东欧文学，实际上，也就是在谈论两部分东欧文学：海外东欧文学和本土东欧文学。它们缺一不可，已成为一种事实。

　　在我国，东欧文学译介一直处于某种"非正常状态"。正是由于这种"非正常状态"，在很长一段岁月里，东欧文学被染上了太多的艺术之外的色彩。直至今日，东欧文学还依然更多地让人想到那些红色经典。阿尔巴尼亚的反法西斯电影，捷克作家伏契克的《绞刑架下的报告》，保加利亚的革命文学，都是典型的例子。红色经典当然是东欧文学的组成部分，这毫无疑义。我个人阅读某些红色经典作品时，曾深受感动。但需要指出的是，红色经典并不是东欧文学的全部。若认为红色经典就能代表东欧文学，那实在是种误解和误导，是对东欧文学的狭隘理解和片面认识。因此，用艺术目光重新打量、重新梳理东欧文学已成为一种必须。为了更加客观、全面地翻译和介绍东欧文学，突出东欧文学的艺术性，有必要颠覆一下这一概念。蓝色是流经东欧不少国家的多瑙河的颜色，也是大海和天空的颜色，有广阔和博大的意味。"蓝色东欧"正是旨在让读者看到另一种色彩的东欧文学，看到更加广阔和博大的东欧文学。

二〇一三年十月三十一日定稿于北京

主编简介：高兴，诗人、翻译家，一九六三年出生于江苏省吴江市。中国作家协会会员。现为中国社会科学院外国文学研究所研究员，《世界文学》主编。曾以作家、翻译家、外交官和访问学者身份游历过欧美数十个国家。出版过《米兰·昆德拉传》《东欧文学大花园》《布拉格，那蓝雨中的石子路》等专著和随笔集；主编过《二十世纪外国短篇小说编年·美国卷》（上、下册）、《伊凡·克里玛作品系列》（5卷）、《水怎样开始演奏》、《诗歌中的诗歌》、《小说中的小说》（2卷）等大型图书。主要译著有《梵高》《黛西·米勒》《雅克和他的主人》《可笑的爱》《安娜·布兰迪亚娜诗选》《我的初恋》《索雷斯库诗选》《梦幻宫殿》《托马斯·温茨洛瓦诗选》等。

虚幻即真实：巴尔干的浮士德

（中译本前言）

林亭　周关超

关于作者

加布里埃尔·基富毕业于自动化和计算机专业，曾作为电子工程师就职于布加勒斯特和外地的电器元件厂。理工科方面的天赋，加上来自律师父亲的遗传基因，造就了基富缜密严谨的逻辑思维和超乎寻常的叙事能力。早在中学时代，作者就在文学方面显露出超人的天赋，十八岁发表首部诗作后便一发不可收拾，在以后的几年里出版了多部诗集。基富三十四岁发表第一部小说，作为小说家，算是大器晚成。

才能与勤奋，加上谦逊和干练，使得基富在创作道路上一帆风顺。除在文学创作上的不俗成就外，他在仕途上也可谓是顺风顺水。他从《丛枝》杂志社的校对员做起，继后成为编辑、主编，一九八〇年被吸纳为罗马尼亚作家联合会历史上最年轻的会员。基富现为罗马尼亚作家联合会副主席和罗马尼亚最重要的文学周刊《罗马尼亚文学》的执行主编。

基富的作品曾获得过罗马尼亚作家联合会和地方颁发的多个奖项，还被译成多种文字在中国、英国、法国、意大利、希腊、美国、海地、比利时、捷克等国出版发行。他还经常被邀出席各类国际学术会议，其中就有在中国、匈牙利、希腊、美国等国举行的类似活动。

关于本书

小说《权力之图的绘制者》是加布里埃尔·基富的第四部长篇小说，是一部寓言体小说。小说通过虚幻的手法、扣人心弦的情节，讲述了这样一个故事：

主人翁马太·帕维尔意外地收到了一封从德国乌尔姆一家律师事务所寄来的遗产通知书，称他的伯父留给他这个财产唯一继承人一百万马克的遗产，但他必须为此离开布加勒斯特，到指定的三个城市居住，并完成一篇关于权力的论文。为了弄清这个神秘的伯父，马太·帕维尔辞去早已让他厌烦的公职，踏上了悬念丛生的探寻之旅。

马太·帕维尔在佛尔谢特、伯伊莱海尔库拉内和卡拉法特这三个城市分别结识了画家特奥多尔·布莱诺维奇、拉里拉琴的伊韦斯和工程师弗拉蒂米尔·杜米内亚。他们的一些难以置信的经历，以及发生在他本人身上种种不可思议的现象，坚定了他要找到那个幕后操纵人的决心。

在德国乌尔姆，马太·帕维尔遇到了一个衣冠楚楚的白发老人西格佛雷德。此人自称是后现代的撒旦，他承认发生在画家特奥多尔·布莱诺维奇、工程师弗拉蒂米尔·杜米内亚和马太·帕维尔身上所有超乎寻常的现象都由他一手策划，包括那一百万马克的遗产。

马太·帕维尔决心与西格佛雷德这一魔鬼抗争，以摆脱他的控制。他决定联合画家特奥多尔·布雷诺维奇和工程师弗拉蒂米尔·杜米内亚，一起去寻找西格佛雷德。他先找到画家特奥多尔，画家正因同时爱着两个女人不能自拔而痛苦不堪，并为他画中那美丽天使的离奇举动而感到蹊跷。听了马太·帕维尔的介绍，画家表示愿意和他一起去寻找那个自称撒旦的西格佛雷德。然后，他们俩来到工程师杜米内亚先前居住的豪华别墅。但是，他们并没有见到他。工程师已经率先找到了逃脱西格佛雷德掌控的办法：重拾信仰，回到上帝身旁。他也因此把所有家产捐给了教堂，并携全家搬到了修道院隐居。

马太·帕维尔和画家最后来到了教堂前。画家因心力交瘁，最后连自己想到的出路——信仰，都没能让他消除内心的恐惧，逃脱魔鬼的掌控，最终悄然地离开了这个世界；而马太·帕维尔依靠信仰，借助上帝的力量，摆脱了西格佛雷德的魔力，找到了心灵的归宿，找回了自我。

这是一部基于现实，但又充满虚幻的寓言体小说。故事发生的时间、地点以及小说的人物都带有浓重的虚幻色彩：世纪交替的二〇〇〇年前夕；佛尔谢特、伯伊莱海尔库拉内和卡拉法特三个城市构成的"一个百慕大三角"——"一个黑洞，一个最大的消极事物的中心"，即"贫困、腐败、悲惨、谎言、矿工事件、秘密警察、克格勃、黑社会、战争"，那是"一个颠倒了的世界"；小说中出现的另外三个重要人物——画家、琴师和工程师只是通过不同的镜子折射出的马太·帕维尔的影子，虽在人性上各有差异，但其命运和实质却归于一致。

加布里埃尔·基富先期的作品主要为诗歌，通过诗歌这种特殊的艺术形式，表现出了对大自然的热爱和对生活的追求。生存的快乐、死亡的悲伤、爱情、孤独等涉及生活的方方面面，无一不在作者的创作中得到生动体现。基富的作品"犹如河边的一栋房子，敞开着所有的门窗，任凭阳光、波涛、海鸥的鸣叫毫无顾忌地侵入，一切都是那么透亮,无遮无掩"。大千世界包罗万象,却难以满足作者对生活的渴求,但这又恰好成为作者取之不尽的创作源泉,使他能轻易地找到生命之外的素材。早在其诗歌创作中,作者就熟练地运用了玄学、虚幻的手法,对笔下的人物注入了神秘的色彩:"腿脚深深地扎入土地之下,头部高高地悬挂在浮云之上,能感受到地狱的灼热,能看得见清澈透明的蔚蓝色天空。"

在小说创作中,基富曾做过不少尝试,最终找到了一种在艺术形式上值得称道的方式,即大地与上天的对话。可以说,小说叙事风格不仅是对作者驾驭小说能力的实际检阅,更是对读者阅读耐心的严峻考验。作者试图通过运用"恶作剧般"的特殊叙事方式,通过对小说结构,乃至情节的刻意"扭曲",创造出经历更为丰富、性格更为鲜活的不同寻常的人物。基富钟爱周游列国,善于捕捉生活瞬间。在他看来,通过旅行能体验不同的感受,通过洞察他人可以比照自己,以此开拓视野,丰富自我;而在小说中,则能为人物提供一个比现实世界更为广阔的空间,包括他们的噩梦、理想以及所有虚无的、看似难以实现的东西。据此,基富通常会让他笔下的人物也和他一样周游世界,尤其是他曾经生活和工作或逗留过的地方。在《权力之图的绘制者》中,作者也毫不例外地让他的主人翁在斯科普里、佛尔谢特、伯伊莱海尔库拉内、卡拉法特、维丁、乌尔姆等这些他熟悉的地方来回穿梭,并通过引人入胜的情节把它们有机地串联起来。

有评论称《权力之图的绘制者》中的马太·帕维尔是巴尔干的浮士德,是北纬四十五度(四十五度北纬线横穿罗马尼亚中部)的浮士德。这种提法一点也不为过。浮士德题材是十九世纪以来欧洲文学的一个传统主题。读完基富的这部小说,不难发现,马太·帕维尔与歌德笔下的浮士德有诸多相似之处,可以说是浮士德的再现。浮士德精神的实质是要打破彼岸世界与此岸世界、理想与现实的二元分裂,寻求一个把神性的理想性与有限的现实性相统一的起点,在统一中寻找生命的无限性,而不是为追寻那个虚无缥缈的精神而失去自我。浮士德精神乃是一种独立自主、自强不息的精神，是人类精神的体现。人之所以为人，就是因为具有这种自由精神境界。人类从前的一切活动，或多或少地与他的内在需求有关，无论是小我中的低级欲求、感官满足，还是大我中的功名利禄、世俗爱情，不是因为行为低劣导致罪恶，就是因为无所事事而变得空虚。没有虚无，生命的超越便不可能实现，这是浮士德精神的基本前提。浮士德生命历程中的每一次提升都伴随着对自我分裂的跨越，分裂一次，在抗争中就超越一次，通过分裂与超越的博弈，循环往复，使生命走向无限，达到永恒。

基富在小说情节的构思和人物的描写上无时无刻不在展示这一浮士德精神，借助魔鬼引出故事，延伸生命，实现超越。马太·帕维尔的故事带有很大的普遍性，他的故事就是我们每个人的故事，他所遇到的困惑、煎熬、迷茫，很可能会降临在我们每个人身上；只有坚定信念才能克服现实生活中的虚无，实现对生命本身的超越和再创造；当生命因自身的内在缺陷而导致毁灭时，它对这种毁灭是要负责任的。小说主人翁马太·帕维尔在被西格佛雷德逼得走投无路时果断地选择了奋起抗争，为了改变过去那种无所事事、坐享其成的状况，宁肯放弃身上的特异功能，还俗成为普通人，以实现生命的超越。最后，他倚仗信仰的力量，重树生活目标，把生命的主动权牢牢掌握在自己手中，从而战胜了西格佛雷德。这种主动性与其说是战胜魔鬼的武器，不如说是战胜自我的原始本能。

魔鬼作为一种想象中的妖魔鬼怪，在人类早期文化中就已存在。每一种文化形式，尤其是民间文学，都或多或少地充斥着魔鬼的形象和意识，人们往往把丑恶、无法探索其根源或确定其本质的东西归属魔鬼。正如天使、神仙是美好、善良的化身一样，魔鬼大多是狰狞和丑陋的，东西方文化中的神魔意识大都如此。

浮士德精神的现实意义，并不在于展示一个绝对的虚无主义，而在于呈现生命内在虚无的一面。正是这种虚无，使生命在它的刺激下奋发有为,成为一个超越的生命,创造出一种更富激情的崭新人生,从而成就一番惊天动地的事业。在基富看来,虚幻小说不止是一种讲述当代故事的手段,更是与当代社会对话并提出疑问的一种方式。小说试图通过表面看来荒诞离奇、实际上源自现实的故事,探索诸多人类的基本问题,比如,生活的意义、生活的方式、如何面对现实以及如何保护我们的精神及内心世界。小说因此获得了丰富的道德寓意和人生含义,而通过回归宗教信仰找回自我,早已成为近年来东欧文坛一个热门话题。

第一章

一九九七年十月初,马太·帕维尔到马其顿首都斯科普里做了一次短暂的旅行。那时他四十九岁,是政府信息部门的参事。他被邀请到斯科普里参加一个地区性的、俗不可耐的研讨会——"新欧洲交流"。

他考虑了一切可能的出行方式,最终还是认定开车去是最便捷的。他喜欢开车,在他看来,旅行本身远比抵达终点重要——那是一个意料之外的假期,一个独自享受的机会,一段只属于自己的时光,他可以借此安抚一下那被日常烦恼所困扰的神经。

但在出行前的最后时刻,计划有了点变动:出席这次研讨会的还有一位文化部的官员,是位女性,叫阿普菲娅·德梅特雷斯库,想搭乘他的车。他跟她不太熟悉。

出于礼貌,马太·帕维尔答应了,尽管这让他感到很不方便。首先,这打乱了他的计划——度过一段难得的独处时光,尤其是在经历了政府大楼那些昏天黑地的日子后,独自进行反思,对他来说,是多么地必要。其次,是一位女性。这让他很不安,因为他还得非常注意自己的言行。另外一个让他内心不安的原因就是,他要和这个阿普菲娅一起,挨这么近,走两千公里,这简直不可思议。这个近乎陌生的人将坐在他的副驾驶座上,而通常情况下,在这样的两人旅行中,边上坐着的应该是妻子、情人,或者一个老熟人……

其实,这次旅行的意义并不在于马其顿首都举办的那个研讨会,而是路途所经过的三个城市:卡拉法特、伯伊莱海尔库拉内和佛尔谢特，从地图上看，它们正好在巴尔干半岛构成一个三角，而且它们将在他以后的生活中扮演重要的角色。

他们决定抄近路过边境：从卡拉法特摆渡到维丁，然后从那里直接进入南斯拉夫①的尼什，再到斯科普里。

他们一大早就从布加勒斯特出发，刚过十点三十分便到了多瑙河畔的港口小城。这个地方犹如一座虚幻的城市，活像电影里那种乏味、毫无生机的背景。小城给马太·帕维尔留下了强烈的不真实感，这里所有的一切都死气沉沉。到了港口，他们下了车。海关空无一人，硕大的渡船纹丝不动地停在那里，甲板上还见不到一辆待渡的卡车。

两个人，初来乍到，深感困惑，他们环视四周，想找个人打听一下。但是周围安静得让人耳膜发胀，他们的眼睛也变得模糊起来，不知道是因为旅途的劳顿，还是因为这座犹如画在灰烬上一样死寂和虚无缥缈的城市。

就连河水都似乎凝固了。他们看见远处的岸边有个哨兵，他手里握着枪，呆若木鸡地矗立在那里。他们无法确定那是一个活人，一件标本，还是一尊雕像。

他们开始怀疑这是不是个真实存在的地方，这时突然从一个木棚里冒出一个身穿灰色海关制服、五十来岁的男人。他告诉他们渡船要上满了车才会开，否则是不会走的。他建议他们先到城里转转，喝杯咖啡，过两三个小时再来看看，到时，渡船肯定还走不了。

他们听从了他的劝告，来到城里，在一个破旧不堪的地方喝了杯劣质咖啡。那里的唱机播放着不知哪个年代的音乐，单调的曲子使得那个同样看不出年龄的女招待昏昏欲睡。然后，他们来到一个空无一

---

① 现为塞尔维亚。原南斯拉夫1991年开始解体，同年斯洛文尼亚、克罗地亚、波黑、马其顿先后宣布独立，2006年黑山也宣布独立。

人的公园，在一张椅子上坐了下来。

"这里是世界的尽头。"阿普菲娅·德梅特雷斯库肯定地说，一字一句都犹如判决书那样干脆。

马太·帕维尔惊奇地回头看着她。他也正这么想着呢，谁要是生活在这个城市，一定会慢慢地死去。但是他没有说出来。

"是的，这里肯定是世界的尽头。"

阿普菲娅·德梅特雷斯库告诉他，四五年前她曾陪同国外电视台的一个摄制组路过卡拉法特，但很匆忙。这附近有个村庄叫马格拉维特，她带摄制组拍摄题为《奇迹》的片子。据说，三十年代上帝曾在此现身，被一个傻子看到了。她已记不清当时来这里的情景，总之，给她留下的印象很模糊。

于是，马太·帕维尔提出要去寻找那个神秘的地方，以打发时光。阿普菲娅·德梅特雷斯库没有提出异议，只是说她无法带路，因为她已经不记得路了。

他们一出城就看见马路两旁都是忙碌的人群和川流不息的车流。马太·帕维尔在一个加油站停了下来。那里有人告诉他，他们要去的地方在一片洋槐林中，从那里往克拉约瓦方向走大约七公里后左转，朝多瑙河方向走三公里左右，就能看见一个没有完工的红砖教堂。教堂的塔楼还没建好，楼顶也尚未封盖。

他们离开加油站，满怀信心去寻找那个教堂。

但是，他们马上就傻眼了。由于迷了路，他们根本找不到那个地方。同时，他们还担心因为这计划外的安排而误了渡船。

他们一刻也不敢耽误，匆匆赶回码头。即便如此，他们还是迟到了一个多小时。他们很担心渡船已经开走。

还好！渡船还静静地停在码头上，和他们离开时一样，上面一辆车也没有。他们下了车，朝海关工作人员的小木棚走去。他们敲了敲门，没人答应。

过了大约十分钟，那个海关工作人员从另外一个小木棚里走了出

来。当他发现他们时,看了看手表,吃惊地说:

"你们来早了,才过了不到一小时。你们……你们还得等!"

两位旅行者低声应和着,匆匆上了车。阿普菲娅·德梅特雷斯库看了看表,颇显忧虑地嘟囔道:

"他在胡说什么啊!都过了四个小时了,他却说一个小时。也许我们指的不是同一个时间概念。"

马太·帕维尔也压低了声音:"阿普菲娅,我觉得这个地方很虚幻,我们不可能从这里到多瑙河了。如果我们想赶上那个研讨会,必须往回走。这里有一道我们过不去的坎。我们不了解它,也没有破解它的密码……"

当他们离开时,马太·帕维尔回头看了看这座城市。卡拉法特被浓浓的雾笼罩着,显得很异常,而前面的公路上却是灿烂的阳光和湛蓝的天空,完全是一派秋高气爽的景象。

他们决定从罗马尼亚和南斯拉夫之间的一个口岸出去。于是他们驱车驶向塞维林,准备经过摩拉维察再到佛尔谢特。他们将在那里过夜,阿普菲娅的一个老朋友可以接待他们。

路上,他们在伯伊莱海尔库拉内做了逗留,因为阿普菲娅没有来过。那是个短暂且乏味的逗留。他们驱车穿越市中心,沿着切尔纳河到了罗马饭店。他们把车停在市中心一群旧亭子的前面,下了车,散步到了河边,呼吸清新空气。他们踏上一座摇摇欲坠的狭窄的小木桥,腐烂的木条让他们心惊肉跳。阿普菲娅脚下的几根木条发出喀吧喀吧的可怕的声响,她无助地尖叫着,一把抓住了马太·帕维尔的胳膊。这时,马太·帕维尔才第一次仔细端详她,他发现她还是蛮漂亮的,便在心里想,他会爱上这样的女人吗?

而这位文化部的高级职员根本没往那方面想。她热情、可亲,是位不错的旅伴。她完全没有置身于马太·帕维尔设想的这种关系中,在她看来,这只是他们此次去斯科普里的一种出行方式。她不想,也不期待从马太·帕维尔那里得到什么，因为他只是个结伴而行的旅伴，仅此而已。所以，她的谈话总是循规蹈矩，语气稳重，话题多是文化方面的。她博学、思维敏捷。这让马太·帕维尔很快就感到了疲倦（现在，他们进了山，正行进在伯伊莱海尔库拉内到奥拉维察的路上）。马太·帕维尔不得不做出恰当的回应，以显示他熟知各类话题，但这明显妨碍了他在这崎岖难行的山路上正常驾驶。再说，他对这类文化沙龙的话题根本不感冒。那些人自认为学识渊博，高谈阔论，谈古论今，但是他们的谈话完全不触及内心世界，而这才是马太·帕维尔特别关注的问题。

尤其是他目前所处的境地（经过数月毫无结果的劳累，他在身体和精神上都疲惫不堪。他正处在生命的十字路口，处在一个寻找自我的危机之中。他不知道以后的路该怎么走，他的家庭、他的工作，尤其是他自己）。阿普菲娅的话题令他烦躁不安，几近崩溃。他希望能谈论另外一类更深层次、能触及心灵的话题，比如谈谈他们自己，谈谈流逝的时光，谈谈他们的劳累，谈谈他们的苦恼，谈谈爱的能力，谈谈曾经的快乐和现在的死寂。他希望他们之间能进行一种更加细腻、更深层次的坦诚的交流，一种深入的情感审视，就如陀思妥耶夫斯基笔下的人物那样。

但阿普菲娅完全扮演不了这样的角色。就算在家时，他的妻子也担当不了这样的角色。马太·帕维尔没有责怪这两个女人，就像他没有责怪他身边的其他人一样。毫无疑问，他需要进行心灵的交流，而且这种迫切的需求压迫着他。但令人啼笑皆非的是，他，这位负责与公众交流和对话的政府官员，自己却陷入了无人交流的困境。他感到越来越与世隔绝，好像被关进了一个透明的玻璃或冰制的方盒中，看得见别人，但听不见他们的声音，当然，别人也听不到他说的话。

马太·帕维尔苦苦地等待着，内心充满了难以捉摸的渴望，希望能在一个引起共鸣的邂逅之后，认识一个能真正了解他内心疾苦的人。

到达佛尔谢特时已经很晚。阿普菲娅在伯伊莱海尔库拉内时就给她的朋友打了电话，告诉他晚上将有两位不速之客到他家过夜。这个叫特奥多尔·布莱诺维奇的罗马尼亚人非常热情："来吧，来吧，来我家住吧。"他们约好晚上八点在市中心的饭店见面。

当他们到达饭店的停车场时，已快十一点。这位朋友再热情，也不太可能还在那里等他们吧。他们想先在饭店住下，也只好这样了。

他们来到前台，随意问了问是否有一位叫布莱诺维奇的先生在等他们。前台的中年妇女，因为被他们吵醒，一脸的不高兴，她指了指通往咖啡厅的门（在他们到来以前，她一直裹着一条绿黄色格子的毯子，在一把椅子上打盹）。

咖啡厅里只有两张桌子旁坐着人。一张拼起来的大桌子边，围坐着七八个年轻人，男女混杂，面前堆满了各种酒瓶，他们兴奋地干杯，拥抱，引吭高歌，用塞语大声嚷嚷着。里面靠墙的一张桌子旁，端坐着一位先生，不紧不慢地喝着咖啡，手里拿着一张塞语报纸，对旁边的喧闹声充耳不闻。马太心想："这个人一定就是布莱诺维奇。"果然，当阿普菲娅跟他打招呼时，他抬起眼，认出了阿普菲娅，马上站起来，兴奋地与她拥抱。他穿一件长长的深灰色风衣，瘦瘦的，有些不修边幅，年龄在三十五岁左右，与阿普菲娅·德梅特雷斯库相仿。可不，他们两个本来就是同学，一起在布加勒斯特上过学呢。

"唉，我还以为……怎么这么晚？！"布莱诺维奇拖长了调子，一字一句地问阿普菲娅。

"对不起，特奥多尔，我们那边的路上总是充满了意外。"阿普菲娅含糊其辞地解释道。

布莱诺维奇如释重负地摇了摇头，总算放下了心。阿普菲娅把她的同伴帕维尔介绍给他。布莱诺维奇非常友好地拥抱了他，显得十分乐意认识像马太这样的人。

这位颇为自信、显得激动的罗马尼亚人介绍了他的安排：他们去他家过夜。他妻子不在家，去了贝尔格莱德。现在家里只有他和他的外祖母。他外祖母已经为他们准备好了晚饭。

然后，他去吧台结了账。他们路过那张吵吵闹闹的桌子，朝门口走去。桌旁又多了几个年轻人，有两个年轻人举着酒杯，摇头晃脑地唱着，还有几个喝醉了的，趴在桌子上睡着了，另外几个忘情地亲着嘴，好像准备就要在那里毫无顾忌地就地做爱似的。

布莱诺维奇感到有责任做个解释：

"可怜的年轻人！他们马上要去参军，正在庆祝他们最后几天平常人的生活。"

停顿了一会儿，他又继续说道：

"哎，这里的人过得不怎么样，过得一点都不好！"

即便这样，位于城乡接合部的布莱诺维奇的家还是让他们感到很温馨。那是一座崭新的两层楼的别墅，非常舒适。屋里的主色调是白色，而简洁至极的家具为深绿色，聪明的建筑师把别墅隔成了一个个安逸的空间。布莱诺维奇把他们领到楼上，那里是这套房子的灵魂，他的画室（马太·帕维尔据此知道了主人的职业。后来在去斯科普里的路上，阿普菲娅告诉他，特奥多尔·布莱诺维奇是塞尔维亚小有名气的画家。而至于年龄，他比她大五岁，已经四十周岁了）。

晚餐非常丰盛。布莱诺维奇的外祖母，一个操着怪异而古老的罗马尼亚语的农妇，默默地从厨房不断地端来各色各样的食物。

布莱诺维奇感觉到了客人对他家里有这么多好吃的东西表现出的诧异，便洋洋得意地跟他们说：

"唉，告诉你们，以前我们，还有这里的人们都很富裕。而现在日子却越来越难过了。唉，这个战争可把我们害苦了，现在越来越困难了，不知道我们还能坚持多久。"

第二天早晨，他们继续赶路。布莱诺维奇把他们送到了贝尔格莱德，正好他也要去那儿办点事。他们三个一起，开着车，穿过佛尔谢特的街道。又是一个明媚的秋天，几乎在每个街角上，都能看到流动的烟贩和叫卖其他各种小杂货的商贩。这些人穿戴都很得体。布莱诺维奇解释道："他们是塞尔维亚人，从别的省逃难而来的。他们没有别的生活来源，就靠倒卖点香烟之类的糊口。警察对他们也是睁一只眼闭一只眼。我们这里情况不好啊，真的不好。"

自那次巴尔干之行后，马太·帕维尔又回到了原来那令人难以忍受的生活节奏，这种生活节奏就好比每天小剂量服用毒品一样，一点一点地在把他摧毁。

每天去上班和所进行的具体工作令他感到焦虑，这位前政府官员对所有与工作有关的东西都产生了明显的厌倦情绪。每当他靠近政府大楼，就感觉到一种可怕的抵触，就像年轻时路过让他饱受痛苦体验的兵营一样。他知道他不能再这么继续下去了，无论如何他必须换个工作。

而他家里的情况也糟透了。他那二十刚出头的女儿伊利娜，独立性非常强，总是犯些会让她付出代价的错误。因此，为了让孩子少走些弯路，他很想用自己在遭遇各种挫折后所积累的经验，给她些朋友般的帮助，而不是严父般的呵斥。但是，他与孩子的交流变得越来越困难，就好像他们中的一个已经失去了语言能力却还浑然不知。是谁的过错已不重要，在他们之间已经突然竖起了一堵墙。伊利娜在一家化妆品公司找了一份工作。她回来告诉他，她已经租了一个小套间，要搬出去自己住。伊利娜的妈妈索妮娅，十五年前与他离了婚，移居到加拿大，现在他还能时不时地收到她不知从哪个异国他乡寄来的明信片，但仅此而已。显然，索妮娅的新生活过得有滋有味，看得出她很热衷于旅行。马太·帕维尔细细地品味着明信片上那些五光十色的地方，怎么也想象不出这些遥远而陌生的地方会是什么样子。他还搜肠刮肚地回忆他们在一起时，伊利娜的母亲是否也有热衷旅行的偏好，但想不起来了。就连对索妮娅这个人和那段时光，他的记忆也已模糊不清，一切都像是一幅被岁月抹擦掉的铅笔画。就连他自己也变得那么陌生和怪异，好像来自另一个世界。

倒霉的事都让他碰上了，他现在的婚姻也并不美满。就在伊利娜搬出去不久，比他小将近十四岁的妻子卡蒂提出了离婚。这倒并没有使这个男人感到吃惊，因为他们的关系已经到了冰点。两人都经常在心里问自己是否还有在一起的必要。因此，他们的分手已是无可避免的事。卡蒂那天用小卡车来拉走她的东西时，两人默默地拥抱了对方。他们已经无话可说，只是履行一下分手的仪式，这个仪式已经在他们内心举行过很多次了。

马太·帕维尔在满五十岁那天成了单身。他就像是散落在一片荒漠上的一缕细沙。他一事无成，无牵无挂，就连对自己也漠不关心。他感到他的生活一直在下滑，并且还会继续下滑。那是一种实实在在的、极其缓慢的下滑。他感觉到一年中他大约要下滑一百米。这种下滑毫不留情，无法逃避。

他不能认可，也没法接受这一不知不觉中把他抛至一边的严酷现实。他厌烦身边所有的人，尤其是他自己。他对所有可能发生的事情都失去了好奇，一切都是那么平淡无奇，可以预见。

他以一种特殊的方式庆祝了自己的生日。他关掉了电话，这样就不必被迫接听一些俗套的祝贺电话。他关了灯，放下了百叶帘。他在黑暗中喝了一瓶威士忌。后来，他和衣睡着了。他真不想再醒来，真希望这长夜过后，不再有第二天。

第二章

有关马太·帕维尔的故事还得从一九九八年三月四日讲起。这天,他收到了两封信。其中一封把他的注意力完全吸引了过去,以至于另一个信封被丢在了一边。

引起他注意的是法院寄来的离婚最终判决书。不经意间打开的第二封信是用德语写的,是用电脑上那种黑黑亮亮、清清楚楚的字母写的。他几乎不懂德语,但是收件人是他。这一定是寄错了,没有人会从德国给他写信。信是乌尔姆的一位律师寄来的。肯定是寄错了,或许是哪家公司向他推荐什么产品,要不就是通知他中了一笔高额彩票。

他把那信放到一边,拿起法院的判决书,坐到椅子上,久久地看着发呆。那些字母在他眼前跳跃着,他的眼睛变得模糊了:这份普通的判决书在他面前变成了一片神秘的、难以辨认的象形文字,变成了一幅错综复杂的画,变成了一种孤独和无法抗拒的失落命运的符号。

他本来想喝点什么,以摆脱这种糟糕的状态,但现在他连酒精也开始排斥了。由于那令人恐惧的下滑感,他的生活发生了一系列的变化,其中包括对酒精的反感。现在他只能喝矿泉水。而矿泉水没有任何味道,如同他的生活一样,索然无味。

他打开冰箱,伸手拿了一瓶放在冰箱门上的矿泉水,倒了一杯。矿泉水在杯子里咕噜咕噜地冒着泡,然后又在他的舌尖留下麻辣麻辣的感觉。

马太·帕维尔有一种被抛弃的感觉。他对自己感到厌恶。如果可能，他真想离开自己的身体，离开自己的生命，就像离开一套潮湿、肮脏、摇摇欲坠、一无是处、只能被拆除的房子那样。

这种糟糕的心情使他作出了调离政府部门的决定。于是，他开始每天都打一通电话，试图寻找一份新的工作。他并不期待这种变动能给他带来多大的变化，但是这里是呆不下去了，他必须找点事做以打发时光。

他在城市的大街小巷游荡。这个一直以来缺少点浪漫但诚实正派的人，突然间有了一种奇怪的感觉，而且这种感觉一天比一天强烈，一天比一天清晰。他觉得布加勒斯特是座贫瘠没落、管理无章的城市，它的街道更像一个异常复杂的迷宫，远远不及一座普通的城市。他常常迷路，有时甚至找不到他住的那条五一大街……当他在街上游荡，或在家里看书，甚至在政府大楼上班时还会产生另外一种感觉，那就是，他感到在他的周围有一张网，类似蜘蛛网或塑料网。它束缚着他的行动，尽管他人无法察觉。他每次都必须费力地挣脱出来，开辟新的生存空间。但不一会儿，这张网又会在他周围织起来，而且越来越厚实。这种情况有时一小时，甚至几十分钟就会发生一次。

这种坏心情，这种心病，持续了大约一个月，或一个半月时间。如果我们这位政府官员去寻求心理医生的帮助，医生或许会告诉他得的是什么病，甚至会对他进行药物治疗。

直到有一天晚上，一个很偶然的机会，这堵在当时看来毫无出口的石墙，终于向他开启了一道门。

那天晚上，马太·帕维尔接待了一位年轻女子。她叫卡尔拉，二十七岁，是政府部门的一位翻译。他们之间维系着一种模糊的暧昧关系。这种奇特的关系主要是因为那女子固执地认定，她已无法抗拒地被他所吸引。她说他是她所遇到的最出色的男人，她随时准备搬到他这里住。如果他愿意，她还可以跟他结婚，因为她相信他们的婚姻会长久。而马太·帕维尔则执拗地想让卡尔拉回到现实当中：她的感情肯定是错的，他没有值得她喜欢的地方，他只是一个没有品位、内心颓废的人，一个走向没落的人。简单地说，过不了多久，蒙住她眼睛的那层纱就会揭开，她会突然发现他们并不合适。她是一个前途无量的女孩，年轻、漂亮、聪明；而他呢，平庸、没有希望。到那时她会感激他，因为是他让她擦亮了眼睛，让她从狂热中清醒过来。但是，马太·帕维尔越是对他们未来的感情生活表现出怀疑，卡尔拉就越依赖他。在所谓的诱惑术中，他们的关系或许可以用负作用来解释，假如他接受了她的爱情宣言，得到的反而会更少，倒不如像现在这样总是退缩，把自己摆在被动的位置，低调处理。

就在那天晚上，一切如常进行。他们先做了爱，和每一次一样，马太·帕维尔有一种非常难堪的感觉，就好像是在和自己的女儿做爱。完事后他们俩赤裸着躺在床上，卡尔拉吻着他，紧紧黏着他的身体，在他耳边窃窃私语。但他无力相信，这些话语就像混浊的云雾在他面前翻腾。他不信任地笑着，目光呆滞，一副麻木不仁的样子。他感到自己的身体很滑稽，整个过程更是荒诞可笑。在高潮过后，他颇感恼怒，她怎么就爱上他了呢？他给不了她什么东西，他确信她搞错了，任何一个智力健全的女人都不会爱上他这样的人。

卡尔拉感觉到他心不在焉，不喜欢她紧贴着他。于是，她翻起身，脸上浮现出一丝忧伤，但马上就从容地在屋子里走动。他看着她优雅走动的样子和展示出的柔美身躯，不免露出欣赏的目光。她太漂亮了。他真不明白为什么这么一个漂亮的女人会选择他，她在他身上找到了什么优点，他搞不清楚。因此，他的烦恼日趋加重。

卡尔拉穿过房间，进了厨房，拿了两只杯子，倒了一杯白葡萄酒和一杯矿泉水。

"想喝点什么吗？"她温顺而友好地问他。不等他回答，她就把装有矿泉水的杯子放到了床头柜他够得着的地方。

她坐在椅子上，抿了一口酒。她想把杯子放到桌子上，但桌子上堆满了报纸、杂志、信件和各种各样的纸张，根本没有空余的地方，她只得把桌上的东西推到一边。此时，一个信封掉落到织有枯叶色图案的地毯上。她捡了起来，看到那上面写的是德文。

"谁从德国给你写信？我能看看吗？"

"我早就想让你看了。是写给我的，但是我确信这一定是搞错了……"他说。

现在，他已安静了下来，神经也已完全放松。他看着卡尔拉，就像是在欣赏博物馆里的一件展品，一件成功的作品，他完全被她毫无修饰的漂亮身段所征服。他从多个角度观赏她的身体，试图找出哪怕一点点瑕疵，但实在找不出。于是他又对自己说，让这样的女人和他这样的男人在一起浪费时光，真是太不合适了。

卡尔拉打开信封，仔细阅读起来。一开始有点漫不经心，后来越看越快。她的面部表情显得难以揣摩，介于怀疑与惊喜、困惑与激动之间。

"马太，你知道信里写什么了?!"看完信后，她惊叫起来，"太不可思议了，简直是个难以置信的消息。"

听到惊叫，光着身子的帕维尔不知所措："难以置信的消息？等等。"

他飞快地穿上内裤、长裤和T恤，坐到了另一把椅子上，做好了接受可怕消息的准备。尽管他把这些都看作是一个游戏，但还是有一点点害怕：万一是个坏消息呢，像他这样的人能有什么好消息？……

"说吧，什么事？好事还是坏事？"

卡尔拉从椅子上站起来，调大落地灯的灯光，以确保念信的内容时准确无误。卡尔拉还赤裸着身子，这很适合她，像她这样的人就不该穿上衣服，帕维尔这么想着。这时，卡尔拉开始念道：

马太·帕维尔先生：

  我们律师事务所负责执行今年1月1日去世的卡尔·鲍尔先生的遗嘱。

  根据他的遗嘱，我们通知您，作为他的侄子，您是他唯一的继承人。如果您接受您伯父卡尔·鲍尔先生的条件,您将得到一百万马克的遗产。这些条件是:一、离开布加勒斯特,到我们选定的两个城市定居,每年在两处居住相同的时间。这两个城市分别为佛尔谢特(南斯拉夫)和卡拉法特(罗马尼亚)。每年还要在伯伊莱海尔库拉内(罗马尼亚)住上十天。二、写一篇篇幅为一百页的关于权力和力量的论文,A4纸,每页三十二行字。

这篇关于权力和力量的论文,要在接受遗产后一年内完成,将由我们指定的审议委员会审阅。只有在完成了这篇论文并得到该委员会核准后,您才能得到上面提到的一百万马克。此前,您每月将得到五千马克用于日常生活,我们还将给您提供一些便利,会在适当的时候通知您。

我们公司的代表会去布加勒斯特和您联系,以确定落实卡尔·鲍尔先生遗嘱的一些细节。

致以我们最崇高的敬意!

经理:瓦尔特·博尔曼

卡尔拉念完后叫了起来:

"乌拉!你将暴富了,你将暴富了!"

马太·帕维尔觉得好像这一切都与他无关。他现在的兴趣不在信的内容上,而在卡尔拉的翻译上,他没想到卡尔拉的德语水平竟如此之高。

卡尔拉把信扔到一边,软软地瘫在椅子上,仿佛因为激动而晕过去似的。她异常兴奋,边嬉戏边撒娇地说:

"我们应该喝一杯庆贺庆贺。"

忽然,她撞见马太·帕维尔僵硬、谨慎而若有所思的眼神。于是她便大声地说出了心中的担忧:

"可是,如果你有了钱,就会离开我,这并不是什么好事。"

听见她这么说,马太·帕维尔心里想:"我怎么离开你?我们本来就没在一起,我不属于你,你不属于我,我们的关系是虚幻的,只存在于你的想象中。"

当然,他并没有说出口,而是继续默默地、若有所思地看着她。一开始他确实对这个消息感到意外和困惑,有些不知所措。后来,他又感到深深的不安,这种新的境况将给他带来何种疯狂,何种变化!忽然间,他开始考虑由此可能带来的种种麻烦:需要作出的努力,接受遗产所要进行的繁琐的程序和令人生厌的手续。他感到无力承受这些,也对未来有点茫然无策。

他在心里默念着:一百万马克,一百万马克。他想象着这笔巨款能给他带来多大的自由。然而,他却感到难受。他要自由干吗?还不是徒劳?不过也行。他不正想有个彻底的改变吗?不想不惜一切代价从这个死胡同里走出去吗?现在机会来了。但是拥有巨额的财产对他来说,超过了他的理解力。不,不,他在德国根本就没有什么伯父,也就不可能接受这样一笔钱。所有这一切只是一场闹剧,一场闹剧而已!

想到这里,他立刻醒悟过来。没错,没错。这一切绝对是个恶作剧,对此他确信无疑。可他认识的人当中谁有这个嗜好呢?对,依西道尔·杜贝克。毫无疑问,轮到马太·帕维尔成为他可怕恶作剧的主角了。

这个结论奇迹般地让马太·帕维尔豁然开朗。事实上,突如其来的变化会让他感到害怕,让他不知所措,已把他击溃。

他淡淡地告诉卡尔拉:

"这不是真的,是一个朋友的恶作剧……"

卡尔拉耸了耸肩。其实,她愿意看到马太恢复平静,这样她便能与他一起喝酒、亲热。遗产的事对她并不是件好事,它意味着马太·帕维尔将离开布加勒斯特,他们也将就此分手。

第三章

　　第二天，马太·帕维尔去找了依西道尔·杜贝克，想从他那里证实所有这一切都是他设计的，根本没有那笔从天而降的遗产，从而平息这场闹剧。马太·帕维尔不得不承认，和许多人一样，他也生活在一种虚幻的期待中，他竭力想有所改变，确信这样才有希望。而当机会真的出现时，还是会因为无力改变现有的生活轨迹而放弃。就像一匹关在马厩里的马，梦想去参加大型的赛马，但真的到了赛场，却害怕被证实是那种跑上一百米就倒下的劣马而停留在原地。

　　杜贝克炮制过多起杰出的闹剧。每年他都会罗列出自己最成功的闹剧，令他满意的是几乎没有一出闹剧能连续两年占据榜首。杜贝克的天赋和永不枯竭的创作源泉使他总能炮制出更完美的作品。其实他的名字就是一出闹剧，它揭示了他的天赋和志向。人们极力地在猜测这个外来的名字该是哪个民族的，浑然不知他的名字就是一项设计。杜贝克把他的罗马尼亚名字改了，只是出于好玩。他干什么都出于好玩，在他看来，这个世界就是由惨淡的灰色体组成的，不必太过认真，只要像造物主那样进行简单的加墨和着色。每个人都有自己的命运，而杜贝克命中就拥有一种才能，从孩提时代起，他就在数学和计算机方面表现出非凡的天赋。他以优异成绩毕业于国内的信息学专业，尔后获得了美国的奖学金，毕业后就职于一家软件公司，开发出了许多大胆的程序，收益颇丰。不久他放弃了前途无量的职业，出人意料地回到了国内。他信奉绝对无偿原则，并据此巧妙地运作自己在大洋彼岸积攒下的巨额财富，并使它不断地增值，从而炮制出了一些无与伦比的闹剧。

其中一出的中心人物就是他在南方农村的一个远房亲戚，一个三十岁左右、热衷于写诗的人。但是他写的都是些登不了大雅之堂、水平极低的蹩脚诗句。杜贝克愣是让这位业余诗人参加了一个由希腊总统府在雅典举办的欧洲作家聚会。为此，杜贝克就像一个瑞士钟表匠那样做了极其细致的工作。他先是从报纸上看到了关于聚会的消息，又了解到国内有哪位诗人被邀出席，再弄到了一份聚会的日程安排，然后编制了一封邀请函，寄给了他的亲戚，那位幼稚的诗人。亲戚是农技师，自然不懂外语。当邮递员来到他那满是污泥的院子，把一个写有奇怪字母的信封交到他手上时，他愕然得不知所措。当在城里教书的美貌的法语教师给他翻译了信的内容后，他两腿一软，晕了过去，倒在了那位小姐的脚边。年轻的法语教师不由自主地后退了一步。

在昏倒前他脑子里闪现出一个缠人的、梳理不清的问题：欧洲人怎么会知道他，怎么会知道他的名字，知道他写诗？

醒来后，他认定自己正在度过人生的一个顶峰时刻，应邀到希腊首都去朗诵他的诗是他做梦也未敢想的事。为了庆祝这件大事，他执意要宴请全村。让他老婆绝望的是，他居然把他们留着过圣诞的酒桶也打开了，来款待那些来祝贺他的亲朋好友和那些并不相识的人，自然，他的那桶酒未能满足饥渴至极的客人们。因为他已不再工作，有的是时间，而且又是在兴头上，他希望好好庆贺一下。因此，他想出了一个极端的办法：从银行以高达百分之七十的利息贷了款。谁都会觉得这个利率高得吓人，但是他不这么认为。他是个幸福的人，重要的是从此他便有了钱，可以每天晚上在村里的小酒馆请大家喝酒了。他逢人便给他们看这封来自希腊的信，很是沾沾自喜。

闹剧并没有就此停止，而是按照计划按部就班地进行着。杜贝克以组织者的身份给那个真正被邀请的罗马尼亚诗人发了一封信，通知他聚会推迟。为保险起见，他还通过一个虚无的基金会在聚会这段日子里为这位诗人安排了布拉格一周游。他给他亲戚寄去了一张到雅典的来回机票,同时提出自费陪着这位天真的乡村诗人去雅典,充当他的向导。当然,在希腊首都举行的真正聚会是五天,而他安排的两天活动与之毫无关系。两项活动只有一个交叉点,那就是在希腊外交部宏伟的圆形阶梯剧场举行的诗歌之夜。他亲戚由他陪同参加了这场活动。亲戚被带到大厅,等待着活动逐项进行。当主持人用希腊语和英语邀请罗马尼亚诗人上台时,这位(毫无语言天赋、不知舞台上那个人叽里呱啦说了些什么的)亲戚被杜贝克告知:"该你了,起来,走上台去,随便朗诵一首罗马尼亚的诗。念完后等着,一个希腊的演员会把你的诗译成英语再念一遍。他念完后,大家会鼓掌。然后你再回到这里。就这样……"

诗人浑身不停地颤抖着,激动得都快背过气去。他跌跌撞撞地走上台。对他来说这段路显得尤其漫长。他照杜贝克说的做了,在台上结结巴巴念完了他自己写的蹩脚而庸俗的诗。一个希腊的演员朗诵了组织者收到的被依西道尔·杜贝克暗中打发到布拉格而没能出席活动的真正的罗马尼亚诗人的诗的英文版,掌声如期而至。热烈的掌声,差点把可怜的亲戚吓趴下。他战战兢兢地走下台,难以承受的紧张使得他几乎迈不动步子。没等聚会结束他们俩就离开了会场,第二天便乘飞机回了国。亲戚已经瘫软得像个布娃娃,他嘴里喋喋不休,两眼却视而不见,双耳充耳不闻,彻底被无以言表的激动击垮了,一个劲地念叨着自己经历了一场梦。

后来,杜贝克对事态的发展失去了控制。回到家乡后,亲戚还继续请人喝酒。这个一向很节制的人最后却酗酒成性。他老婆也在他年迈时离开了他。而他一直笼罩在那天晚上在雅典上台朗诵诗时的紧张气氛中,最后得了心肌梗塞,好在没要了他的命。杜贝克替他付了住院费,帮他还清了银行的贷款,以补偿由于他以嘲弄般的手法导演的闹剧对这位亲戚造成的影响。

就在卡尔拉给他翻译了那封德国来信的第二天，马太·帕维尔给依西道尔·杜贝克打了电话。那边的录音电话请他留言。于是，马太·帕维尔留下了自己的姓名和电话，并请求给他回电。当天晚上，马太·帕维尔就接到了依西道尔·杜贝克的电话。这位依西道尔·杜贝克还在电话里不厌其烦地给他解释自己那与生俱来的诙谐。马太·帕维尔解释说必须和他面谈，因为是一件非常重要的事情。于是，俩人约好第二天在杜贝克位于老人街的公司见面。

在去杜贝克公司的路上，马太·帕维尔怎么也想象不出像杜贝克这样的公司能从事什么样的业务。他也无法把作为公司所要追求的实用和效益的理念与杜贝克这样一个完全信奉无偿和游戏的人联系起来。

公司设在一幢居民楼里的一套或两套单元房里。里面装潢得非常现代、别致：所采用的都是时尚、高贵，但不凡、简洁的轻巧材料。精心布置的玻璃、木质或铝制的家具在透明和灰暗间搭配协调；宽敞明亮的房间是由白色、绿色和黑色组合成的主色调；精致的观赏植物；一位像植物一样养眼的神秘的女秘书。还有杜贝克的办公室，很宽敞，里面有个大大的书架，若干电视机，几幅达利的复制品，中间是达利的头像，四周有灯光装饰，算作是房间的精神保护神。

杜贝克站起来迎接马太·帕维尔，热烈地拥抱了他。杜贝克个子不高，干瘦干瘦的，肤色黝黑，马太·帕维尔看着他，搞不明白他的脸上怎么会有如此夺目的光彩，或者说华丽。

马太·帕维尔在孩童时代就知道依西道尔·杜贝克这个人，那时候，他不叫这个名字。所以，他直截了当地问道：

"依西道尔，你的公司是做什么的？"

依西道尔·杜贝克对这个问题一点也没感到吃惊。

"你没看见公司的名称吗？"他很自然地答道，"门上面写着呢……'幻想'。这个名称够清楚了吧？销售幻想。我的生意很兴隆，幻想是最受欢迎的商品。唯一的问题是，我从一开始就制定了一些条件，那就是只准亏损，不准盈利。否则就不叫玩了，我也就和其他人没有什么区别了。困难也就在这儿。你能相信这点吗？只赔不赚。大家都需要幻想，需要另外一种生存方式以改变目前的生活方式。人们争先恐后地到我这里来，愿意付出一切代价，让我帮他们改变现状。所以，还是那句话，最难的事情是让我放弃挣钱的机会。"

听了这些话，马太·帕维尔坚信是依西道尔·杜贝克伪造了那封来自德国的信，是他在编造以自己为对象的离奇故事，包括那笔难以置信的遗产。马太·帕维尔松了一口气，现在他已经发现一切都是虚构的，是个游戏、玩笑而已。这太好了，他再也不用把这个所谓的变化当真了。现在他明白，也认识到，他根本接受不了新事物，他已经没有这个能力，他已经老了……

依西道尔·杜贝克看上去很乐意和这个老相识交谈，他完全沉浸在他的那些杰出的作品里。他欣喜若狂、忘乎所以地讲述着他的作品：

"我非常满意我最近的……怎么说呢，恶作剧或者说逸事……它的主角是一个平庸而呆板的会计。他像一口钟，毫无想象力，而且安分守己，整个就是台可以预设和操控的机器。我雇用了他，任命他为一个根本不存在的公司的经理，我给他提供了一间办公室。这个人每天自觉上下班，工作八个小时。我向他提出我能想象到的最为离奇和古怪的要求，而他根据我信中的要求填写报告、做计算及财务预案。他从不对他的工作提出异议，从不提问，只是不折不扣地完成我交给他的事情。我把从他那里收到的那些没有价值的文件和那些精心制作的、完全正确的报告，统统扔进了纸篓，看都不看一眼。这是闹剧最经典的时刻，没有比把他辛辛苦苦完成的几百张文件连看都不看就抛进纸篓更让我满足的事情了……我给他寄去短短的几行字，对他的工作作个空洞的表扬。我每个月往他的账户打进去一笔不少的工资。我完全被他征服了，他从不违背我的指示，没有任何主见，从不出错。噢，对了，忘了说了，我在他的办公室安了一个探头，所以，我可以肯定地说,他没有丝毫违反过我的规定。他对自己想要什么、为了什么而生活等从来不提出疑问。因为没有疑问,所以他没有恐惧,没有压力,没有焦虑……这是个复杂的事例,还正在进行当中,值得好好研究……"

马太·帕维尔没有心思继续听这位童年的朋友的独自道白,他被自己的问题困扰着,想得到一个答案,一个让他安心的答案。所以,他打断了杜贝克充满激情的叙述:

"依西道尔,请实话告诉我,我是不是也成了你那些试验的对象?"

依西道尔·杜贝克一脸的困惑,他停止了讲述。

"你在那里嘀咕什么?怎么回事?"他看起来很是吃惊。

于是,马太·帕维尔向他细细讲述了有关德国遗产那一连串不愉快的事情。

听完马太·帕维尔关于遗产的故事,杜贝克笑着摇摇头:

"亲爱的,剧情非常好,好像超出了我的编排能力。我真的很想说它出自我的手,因为真的太出色了。但这确实与我没关系,我不会窃取不属于我的东西。所以,尽管我很乐意,但是它不是我设计的。或许真的有这笔遗产,要不你再到别处打听打听?谁知道呢,也许我已不再是唯一的闹剧大师了!"

第四章

马太·帕维尔没有从依西道尔·杜贝克那里得到任何他想要的答案，没能得到能帮他走出困境和渡过人生关口的方案。现在他必须认真地考虑乌尔姆律师事务所的来信了。也就是说，确有那么个神秘的伯父和那份遗产，而他必须像确有其事那样行事，因为让他脱胎换骨的时刻到了，改变他目前单调乏味、毫无生机、使他筋疲力尽的生活的时刻来到了。为此，他必须勇敢地放弃眼前的一切，去接受挑战，开始新的生活。但是他还有能力去改变自己吗？这个问题使他烦恼，因为他找不到答案。当然，他完全可以拒绝德国律师事务所转来的遗产，完全可以不介入这场游戏。但是那样的话，他会不会因错过一个大好机会而后悔莫及呢？不，当然不能拒绝。

马太·帕维尔在犹豫不决间遭受着煎熬，可是虽然没有一个明确的意愿，他还是像一片随风飘游的树叶继续办理着接受遗产的各项手续。他在布加勒斯特约见了瓦尔特·博尔曼，签了所有关于遗产的文件。律师事务所为他在银行开设了账户，并打入了首笔五千马克。接下来，马太·帕维尔开始做永久离开布加勒斯特的准备：他辞去了政府部门的工作，这让那些对这个职位翘首以待的同事瞠目结舌；他把车和房子留给了女儿；还到书店和古董店买了一些对他完成那篇有关权力和力量的论文有用的书（这个接受遗产的条件令他头疼，因为他根本没有文学细胞，也从来没想过要写公文类和空洞的工作报告以外的东西）；他与伊利娜、卡蒂、卡尔拉道了别（唯有卡尔拉为此掉了几滴眼泪），还通过明信片告诉了索妮娅，又与杜贝克以及几位同事和朋友道了别。他告诉所有的人,他要离开布加勒斯特,会在适当的时候告诉他们他的新住址。大家的反应几乎一模一样,都耸耸肩,意思是说,在这么个狂热的年代,我们不会再对任何事情感到惊讶,任何事情对我们来说都不再怪诞、过分和不可信了,每天有那么多荒诞无稽的事情发生在周围及我们自己身上,以至于我们再也没有精力做出任何反应了。祝你一切顺利,如果这是你的选择,你就坚持走下去吧。

在四月的一个晚上,马太·帕维尔,或许是被依西道尔·杜贝克的游戏兴致所感染,准备亲自体验这场荒谬的游戏。当他拎着两个装有衣服和随身物品以及近一百本(业余爱好者挑选的杂七杂八的)书的箱子,除了那每月五千马克的承诺,身无分文地来到北站,准备登上开往佛尔谢特的列车时,却感到了恐惧和好奇。他想,当年克里斯托夫·哥伦布或尼尔·阿姆斯特朗①开始探索新世界时,应该就是这种心境吧。

他登上了二十三点二十分从布加勒斯特开往贝尔格莱德的二六〇次列车,来到列车尾部的一等车厢。他放好行李,脱掉滑雪衣,和着毛衣躺下。他闭上眼睛。就这样,闭着眼睛,他仿佛看见眼前和身后各有一片白色和灰色的原野,他自己则变成了一个小黑点,迷失在这片浩渺的土地上。这幅景象在他看来就像是他一生的概括。

不一会儿,困倦便向他袭来。临行前几个星期的激动和不安现在方见影响。他感到精疲力竭,但这种感觉伴随着一种莫名其妙的内心的宁静,甚至盲目的乐观。他睡着了。

是检票员把他叫醒了。多亏把他叫醒了。检票员走后,他换上睡衣,刷了牙,钻进干干净净的被窝,准备睡觉。这一夜他睡得很沉,连梦都没做,一直睡到第二天早晨罗马尼亚边防和海关的工作人员上来检查。火车过了边境,九点三十分左右到了佛尔谢特。马太·帕维

---

① 尼尔·阿姆斯特朗(1930—2012),是第一个登上月球的美国宇航员。

尔把表往回拨了一小时。

尽管这里是西欧时间，但是这个地方看上去还是属于巴尔干：一个（建于十九世纪末的）破旧凄惨的车站，站台既破又脏，车站工作人员个个动作迟缓，面无表情。

经过塞尔维亚海关的第二次检查（佛尔谢特是途经的第一个南斯拉夫城市），马太·帕维尔被允许下了火车。车站外的状况并没有令马太·帕维尔觉得比里面好多少，眼前的小广场上也不例外，一切都显露出穷困、萧条和凄凉。他为什么要到这么一个地方来呢？真是从湖里跳到了井里……这种沮丧的情绪由于恶劣的天气变得越来越糟糕。这是一个阴郁的春天的早晨，天气异常地寒冷，浓雾中还夹杂着蒙蒙细雨。

一个肤色黝黑的人帮他运了行李。马太·帕维尔塞给他一张钱币，然后就在那里等出租车。他的脚下是石板铺就的地面，裂缝处长出了许多杂草。他冻得瑟瑟发抖，两腿不时更换着支撑身体的重心。

马太·帕维尔就这样开始了他在佛尔谢特的逗留。一辆破旧不堪的出租车带着马太·帕维尔行驶在一条杂乱的小路上，两旁的房子和罗马尼亚那边的出奇地相像，都带有从前奥匈帝国的烙印。

出租车把他带到了市中心的塞尔维亚饭店，他在布加勒斯特时就被告知将入住这家饭店。去年秋天，他和文化部那位女官员来此地时，也住在这里。

"马太·帕维尔先生！"一位先生从台阶上朝他走过来，语气中充满诚意，并像老熟人一样紧紧地拥抱了他。

马太·帕维尔对此人知道他的名字并不感到奇怪，或许是德国律师委托他在这里等他，也没有因为他用罗马尼亚语与他打招呼而感到奇怪，因为这里居住着他的很多同胞。

"我应该到车站去接您的。"当地人继续做着无用的解释，"我叫阿列库·佛洛兰，是博尔曼先生的代表。我负责在这里接待您。您请。"

佛洛兰付了出租车钱,拎起一个箱子,并示意一位看上去无所事事的年轻人过来帮忙,然后,领着马太·帕维尔走进饭店的大厅。

前台女服务员用塞语迎接他,并递给他一把钥匙。

"您住二号房间。"阿列库·佛洛兰继续解释道,给人的感觉是一切都已准备妥当。

这是一个看不出年龄的人,可以说他四十岁,也可以说是五十或六十岁。他个子矮矮的,肌肉很发达,脸上瘦瘦的很有骨感,眼睛里却透出讥讽和狡诈,一条腿有点瘸。

这个不知从哪里冒出来的主人陪着马太·帕维尔上了电梯,来到房间。从现在起,这里将是他的家了。这是一个套间,有一个小小的门厅,一间放着一张桌子和一个空空的书架的起居室,一间卧室,还有卫生间、冰箱、电话、电视机、标准而缺乏个性的家具、整洁的卧具。他应该能适应新的环境,暂时,这是他唯一的住处。

"还行吗?"阿列库·佛洛兰殷勤地问道。

"好,好……"马太·帕维尔微笑着低声回答。

"那就这样,我走了,您先冲个澡,换换衣服,或许您还想休息一下。十二点整,我在大厅等您,我们去吃饭。"

十二点整,两个人在饭店刚刚粉刷完的大厅见了面。他们走进地上铺着石榴红地毯、窗户上挂有石榴红帷幔的饭厅,在一张放有"预订"牌子的桌子旁坐下。马太·帕维尔不明白为什么还需要预订,因为在这个大大的饭厅里,只有两张桌子旁坐着人。喇叭里播放的是带有东方韵味的、欢快的塞尔维亚情歌。

阿列库·佛洛兰为他准备了丰盛的午餐:各种小吃、可口的塞尔维亚酸甜奶油汤、烤乳猪、烤鸡翅、圆白菜、土豆和洋葱配菜。当然还有酒,李子酒和当地的红酒。这让马太·帕维尔都快受不了了,过于丰盛的菜肴简直就是一种折磨。他竭力应付着,但还是感觉到一阵阵的恶心。他已经很久没有沾酒精了,现在,他违背自己的信念喝了酒,因此,难忍的感觉越来越强烈。而阿列库·佛洛兰却大口地吃着喝着,没有一点要放过他的意思。

"来,吃。再来一杯?要咖啡吗?水果,甜点,还是别的?"

他表现出了令人费解的好心情。

马太·帕维尔问自己,有什么值得庆贺的?难道是因为他来到了这个塞尔维亚小镇,或者是他将完全被这个倒霉的世界尽头所吞没?干吗要叹气呢?这个城市看上去很快乐、很友好、充满活力。或许佛洛兰正是在向他证明这点。

其间,餐厅里来了不少人,气氛变得热烈起来。饭厅另一边的一个角落里,七八个年轻男女围坐在一张桌子旁,异常地喧闹。看着他们,马太·帕维尔惊奇地发现,这场景好像就是上一次,也是在这个饭店,但在咖啡厅里,看到的那些年轻人聚会的再现。就像有个看不见的人在戏弄他,戏弄他的记忆力,戏弄时间,重新给他放映以前的片断。姑娘和小伙子们肩搭着肩唱着,随着音乐摇晃着,他们碰杯喝酒,敞开嗓门喊叫着,还时不时地亲个嘴。马太·帕维尔发现,在塞尔维亚和在布加勒斯特一样,人们都像中了邪一样,在极度的失望和癫狂中,疯狂地找乐子,就好像担心这将是他们最后的日子、最后的时刻一样。

佛洛兰的双眼闪烁着光亮,就像有个神奇的生灵在那里用火镰点着了火。马太·帕维尔觉得他的东道主,这个罗马尼亚—塞尔维亚人,除了告诉他这些事情以外,还有别的信息要传达给他,但是这藏在后面的信息他还不想或者不能说。

佛洛兰精力充沛,他的兴致远没有得到满足。马太·帕维尔不时徒劳地看看表,想提醒他该结束已进行了几个小时的午餐。但是,阿列库·佛洛兰根本不理会,还要了香槟、甜点和水果。将近一个小时,马太·帕维尔根本就没在吃,因为他已经什么也吃不下、喝不了了。现在他已经连和佛洛兰说话的力气都没了,甚至都无法倾听或理解佛洛兰的话了。他已精疲力竭,困乏至极。他不明白为什么他会这么累,因为在火车上他已休息过。他感到自己已经开始做梦。他梦见佛洛兰升到了空中，膨胀起来，然后像瓷器一样变成了上千块碎片，融化在餐厅看似液态和略显酸性的灯光中。当佛洛兰完全消失在桌子的上方时，就只剩下溜进他视线里的那两个脆弱的生灵，而他们手里拿着的不再是火镰，而是点着了的火柴。

突然，马太·帕维尔站了起来："好了，阿列库·佛洛兰先生，我得走了。"他坚定地说。佛洛兰马上安静了下来，接受了他的请求，既不感到吃惊，也没感到被戏弄，还表现出一点卑微：

"当然，当然。您是该休息了，马太先生。我先送您回去，然后再回来结账。"

"不，您不用送我。"马太·帕维尔温和地说，眼看着将要逃脱佛洛兰那令人窒息的殷勤。

"那么，拿上这个。"佛洛兰急忙说道，从口袋里掏出一个信封，递给从布加勒斯特来的客人，"我给您准备了一些有用的东西：一张城市的交通图，可以去吃饭的饭店，一些有用的电话，当然，也包括我的电话。我不会再来打搅您。要是有事，您就给我打电话。"

马太·帕维尔不敢相信阿列库·佛洛兰就这么体体面面地撤退了。马太·帕维尔还真害怕他在佛尔谢特的这段时间，会因为佛洛兰而成为一种磨难，害怕佛洛兰通过过分的关心照料把他软禁起来，侵占他的时间，限制他的行动。

马太·帕维尔上楼回到了他的小套间。他坐到椅子上，深深地吸了一口气，想让自己静一静，想想自己的未来，让自己更加熟悉这个地方，尽量把它当成自己的家。他躺到床上，瞬间便睡着了。

接下来的几天，没有人再来打扰马太·帕维尔，他也在极力适应着新的环境。这段时间，他每天起居无常，有一餐、无一餐（吃得也很少，只到附近的商店里去买过东西，好像只靠空气生活着）。他在不合适的时间忧心忡忡地去散步。在这种漫无目的的游逛中，他发现了宏伟的教堂、疏于打理但又充满凄凉之美的老公园以及城市后面的小山丘。

在这段一切都颠倒了的时间里，有两种想法在马太·帕维尔的脑子里却变得异常清晰：第一，搞清楚那个改变了他生活、在乌尔姆的神秘伯父卡尔·鲍尔先生是谁。这是一件非常复杂的事，因为他的父母亲都已去世，他已与家族的其他成员失去了联系，根本不知道这世上还有什么亲戚。第二，遵守接受遗嘱应承担的义务，完成那篇有关权力和力量的论文。

但是，说到写论文，他可是个门外汉。他既没有文学细胞，也缺乏相关的知识，更缺少具体的手段。他清楚就是给他一百年，他也写不出这一百页的论文，更不用说在一年时间内了。如何才能论述如此难的问题呢？最可行的就是按年代去查寻有关权力和力量的来龙去脉，从最远古到当今。当然首先必须确定一些人物和权力的形式。起码他自己或者那些看这篇论文的人能明白什么是权力和力量。这件事在他看来很难，几乎无法完成。

他开始阅读从布加勒斯特带来的书籍，并做些笔记。但是由于缺乏系统性和耐心深入的研究，他做的笔记杂乱无章，既没有条理也缺乏判断力，从一个年代跳到另一个年代。他只顾阅读，忘了阅读的目的。他是个典型的稚嫩读者，不是阅读方面的行家。很显然，他成功不了，他就这样在心里，惶恐焦虑地给自己下定论。

有一天夜晚（自从他到这里已经过去三个星期了），马太·帕维尔坐在窗前，看着外面的景色。天色渐渐暗下来，四周一片寂静。突然，这静谧被一阵尖叫声打破，先是一个孩子的哭喊声，接着是一阵短促的狗叫声，然后是一台木材切割机的开启声。再后来，一切又被这庞大的静谧笼罩住。在马太·帕维尔第一次来佛尔谢特时看到的逃难者，现在还比比皆是，而且数量更多，神情更沮丧。当地的居民也是愁容满面。如果不是因为战争，不是因为对随时降临的死亡的恐惧和对将来以及时下生存的担忧，他们可能是普通的工人和过路者，不会被巨大的不安所困扰。可是现在，他们的前途一片黑暗，他们的命运已被改变，他们被迫承担起他们无法承担的义务。

马太·帕维尔感到有些疲惫和厌倦。他刚刚读完一本关于斯大林时代的书，书名为《权力退役者》。独裁者的种种暴行使他感到恐惧，他不知道如何从中为他必须完成的论文写概要。他感到身体有些不适，胃隐隐作痛，就好像食用了一个变质的罐头。他属于那种容易受书中情节影响的人，这种人会把书中的世界与现实混为一谈，他们很难在这两者之间划清界限。当然，这本书足以让他感到不安，他觉得那些残暴的事件是对他现实生活的一种侵扰。毕竟斯大林时代不是虚构的，而是刚刚过去的真实历史，不是哪个作家的想象，而是超过了正常人所能理解和想象的噩梦。

马太·帕维尔很想找个人说说话，以摆脱这种自我封闭状态。但是他想不出在这个小镇有谁能成为他倾诉的对象。当然不可能是阿列库·佛洛兰，他会让他更烦躁，他好不容易才摆脱了他。那还不如到饭店酒吧坐坐，那里有的是漂亮的小姐。他可以邀请某个小姐喝一杯，再把她请到房间里接着喝，和她做爱，然后向她倾诉所有郁闷和不快。而她，只需赤身裸体地躺在床上，面带疲倦和忧伤，心不在焉地抽烟。或许她还是个塞尔维亚人，根本就听不懂他说的一切，但这也不要紧，能跟他做爱，让他感受到她活生生的呼吸，他就很满足了……他们还会吻别，他会塞给她二三十马克。而她会很惊喜地接受，因为她并没想过要得到钱，她是很乐意和他上床才来的。她是个中学生，喜欢和他做爱。男人，就是上了年纪的，对她也有吸引力。她只想喝酒和在饭店里做爱，而不是在公园的长凳上。完事后，她还会用塞语跟他说还想和他见面，然后离开，留下他一个人。他喝得太多了，一阵阵的头疼折磨着他，他知道他因此无法入睡。

他想吃片药以缓解难以忍受的头疼，但是他发现药瓶是空的。于是，他迅速穿上衣服，跑到离饭店二百米左右的一家昼夜药店买了药，并拿起桌上的一次性杯子，当场吞服了两片。他走出药店，感觉似乎好了些。药片起了作用，至少在心理上。现在他又来了兴致，想走一走，他感到，这个时候在空无一人的街上走走一定很惬意。

就这样，他走出了饭店区域，一边溜达一边欣赏着沿街一些商店的橱窗，不经意间来到了笼罩在黑暗中的那个大教堂，从那里，他凭着感觉，穿过几条沉睡的小街道走向一处公园。他也不知道为什么要去公园，很显然现在不是去公园散步的最佳时间。任何一个有头脑的人都明白在战争年代，半夜三更在国外一个陌生城市的偏僻地区转悠意味着什么，那简直是自找麻烦。

但是，马太·帕维尔没有走到公园，他漫无目的地溜达便戛然而止。人行道上，一辆自行车朝他迎面飞驰而来，骑车的是一个貌似幽灵的家伙。他穿着深色的风衣，飘飘忽忽，直向帕维尔冲了过来。帕维尔连忙侧身紧紧贴住墙，在最后时刻避免了冲撞。这时，他惊喜地发现，那个冒失鬼不是别人，而是第一次来这里时认识的那个罗马尼亚人特奥多尔·布莱诺维奇。帕维尔的愤怒即刻便消失，油然而生的是一股怀旧的心情。在这样一个深夜里，能遇到一张友善的面孔就已经很不易，而他却见到了一位老相识，真是太令人兴奋了。马太·帕维尔抱住特奥多尔·布莱诺维奇，欢叫道："哇，特奥多尔先生，真是太高兴了！"而心里却在埋怨自己怎么不早点想起来去找他。

布莱诺维奇一脸狐疑地看着他。等他认出是帕维尔后，也高兴地惊叫起来：

"马太先生，您怎么到我们这个被世人遗忘了的小城来了？"

"说来话长……"没等马太·帕维尔说完，特奥多尔·布莱诺维奇就急忙说：

"很想听听，我请您喝咖啡。"

特奥多尔·布莱诺维奇把他带到了一家位于一座普通房子地下室的小酒吧。里面灯光闪烁，音乐溢满整个房间，几对年轻人坐在昏暗处的桌子旁。

"你简直无法想象，见到您我有多高兴！"特奥多尔·布莱诺维奇迫不及待地把自己的角色从一个倾听者转换为一个述说者,"老天爷把您带到了我身边。我非常需要一个倾诉对象,而您是最合适的人选。"

马太·帕维尔很想告诉他,自己的处境也很复杂。他很孤独,也非常需要有一个人说说话。但是他只挥了一下手,抬了抬眉头,动了动嘴唇,表示接受他给他的角色。

布莱诺维奇迫不及待地继续道:

"您知道为什么您是最合适的人选吗?因为您能听我诉说,能理解我,而又不是我们本地的人。如果我向这里的某个人吐露哪怕一丁点儿,他们就会告发我,用石头砸我,让我无处藏身,至少会议论我,用唾沫星子把我淹死。而您,远道而来,可以不带任何偏袒、公正地听我述说。您能理解我,还能给我忠告。唉,如果谁能帮我走出目前的困境,我愿意不惜任何代价。"

"我怀疑我不是那个人……"马太·帕维尔试图让他平静下来。

布莱诺维奇好像没听见他的话,只是确信自己终于找到了合意的人。

"我的问题简单,但棘手而琐碎,"他缓缓地说,"我爱上了一个人。可是我已经结婚,很爱我的妻子;我还有个孩子,我也很爱他,我不想放弃我的家庭。但是我却发疯似的爱上了另一个女人,她年轻漂亮,非常出色,我同样不想放弃。我怎么才能走出这种窘境呢?"

马太·帕维尔呷了一小口可爱的女招待刚刚端来的咖啡。他有些失望,本以为布莱诺维奇会告诉他什么灾难性的事情,原来却是一件风流韵事。马太·帕维尔心想,同样的事情对于不同的人来说,它的意义真是截然不同,这是个很简单的真理。重要的是它所产生的影响。一件对他来说无关紧要的事,却能如此地折磨一个像特奥多尔·布莱诺维奇这样的人,并在他内心产生大地震似的那种失控的震撼。马太·帕维尔想尽力安慰他:

"我也遇到过类似的事。"他的口气极为平静。

特奥多尔·布莱诺维奇张大了嘴，一时不知该说什么，对方的反应是他始料未及的。然后他摇摇头：

"不，不，我遇到的可不是一件低俗愚蠢的私通故事，而是独一无二、让人心碎的事。和别的不一样。您懂吗？这两个女人我都爱，我真希望能把自己复制一份，或者一分为二。我愿意为她们中的任何一个去死。"

"您对她们两个的爱是一样的吗？"马太·帕维尔努力让自己去体会对方的悲情，极力回想着自己当时处于类似境地时的感受。

他觉得画家有点夸张，不够自信，而画家的坦诚在他看来有点不知羞耻。当然，帕维尔极力掩饰自己的表情，猜想着对方会怎样回答。

"不，当然不一样。"画家承认，"完全是两回事。吉娜，我的情人，比我小很多。从她那里我能神奇地感受到很多活力，她能帮助我作画。告诉您一个秘密，没有她，我简直无法作画。我最近几年的成就和评论家们对我的褒奖全归功于她。现在，我正在创作一幅巨大的、我以前的作品无法企及的新作，她就是这新作的原型，更重要的是，她还是我创作中无形的力量，使我保持艺术家的活力。她甚至能指挥我的手。您明白吗？"

马太·帕维尔心想："确实，事情本身并不重要，重要的是它们在我们身上产生的影响，改变我们内心世界的方式，以及改变我们的方式。"

"我在努力地理解您。"马太·帕维尔答道。

"要是您理解的话，您看有什么解决的办法。有吗？"

马太·帕维尔诚心想为这可怜的家伙找到一个答案。

"最好的办法就是放弃其中的一个，不知道哪个……"

"不，绝对不可能。我试过好几次了，都不行。"画家恼怒地拒绝了这个建议。

"别的办法我也没有，要不您就改变自己的宗教信仰，改信一个一夫多妻制的宗教……"

"哦,马太先生,别笑话我。我不需要玩笑,真的!"特奥多尔·布莱诺维奇轻声地祈求道。

他突然站了起来,好像有什么急事要办理。他从兜里掏出几张钞票放在桌子上,便匆匆离开了。

"对不起,我知道我的情况很复杂。到时我再找您。"他一边走一边说,迅速消失在那扇就他的身高而言显得低矮的门外面。

特奥多尔·布莱诺维奇走后,马太·帕维尔又独自喝了一口画家要的酒,也离开了。

有一个念头在他脑子里慢慢地变得清晰起来:就拿这个布莱诺维奇来说,当他第一次来佛尔谢特时,觉得这个人很正派、平淡、典型的乏味。但是现在,他却被内心的烦恼搅得一团糟,痛苦至极。从这点看,他第一次的佛尔谢特之行只是试验性的,表面化的,只浮在事物的表面,是一次没能揭开罩在人和事物外面表层的旅行,是为这次和以后发生在他身上的一切做准备的旅行,是一次警示性的旅行,提醒他要小心行事!他的命里会不会有个像依西道尔·杜贝克这样的人,已经编制出一个庞大而精细的计划,准备一幕幕有序地导演下去,而这一计划的主人公就是马太·帕维尔?!

这笔不同寻常的遗产继承人努力把这个念头从脑子里赶走,就像孩提时代的他看到地窖里有蝙蝠在飞而逃离一样。然后,他朝他的新家——塞尔维亚饭店走去,他决定好好睡一觉,结束这太过漫长的黑夜。

而特奥多尔·布莱诺维奇自与这个突然来到他的城市的布加勒斯特人分手后,并不想睡觉,他不想就这么结束这个夜晚。他决定就在当晚,为他那没有出路的境地捋出一条思路。暂时他还不知道该怎么办,但是在天亮以前,他必须不惜一切代价想出一个办法。

原本想与马太·帕维尔的交谈能使他平静下来,殊不知,反而让他在悲伤的情绪漩涡里越陷越深。他像幽灵一样蹬着自行车，毫无目标地穿行在沉睡的街头小巷，而他敞开着的风衣像一面战败者的灰色旗帜，迎风不停地飘动着。他感到被一块奇大无比的陨石重重地压着，看不到一丝希望，也无法继续他现在被一分为二的生活。天上下起了密密麻麻的雨，空气变得异常清新。特奥多尔·布莱诺维奇把掉落在他身上的雨点看作是对他的祝福，他骑着车，任凭冰冷的雨点打在身上，就像醉酒后或沉睡以后的淋浴。

不经意间，他发现居然已经到了家门口。他下了自行车，进了门，爬上楼，迅速地钻进卧室。打开灯，他妻子惊讶地醒了过来。当她看见布莱诺维奇满脸雨水，浑身湿透，加上面部表情都歪曲了时，显得更为吃惊：

"特奥多尔，你怎么成了这副样子？这么晚了……"女人惊恐地问道。

布莱诺维奇在床边跪了下来。

"有件非常重要的事情我必须告诉你。我……不值得你……我爱上了另外一个女人。我试过了，我离不开她；我也离不开你，我也尝试过离开你。我看不到未来，我找不到出路。就这些！"他一口气说完了。

女人以为自己在做梦，一个无法醒来的噩梦。她从来没有想过，在他们两个之间会出现这样的场景。她猛地轻声抽泣起来，她很想大声疾呼，但是没有力气这么做。

做了忏悔以后，特奥多尔·布莱诺维奇感到一块石头从他的心头搬开了。很久以来，他第一次感到心情如此轻松。他知道下一步该怎么办了。

他动情地说了声"再见"，飞快地离开了家。

他又跨上那辆几乎从不离身的自行车，不顾越下越大的雨，朝吉娜的住处飞奔而去。吉娜住在城市的另一头，一栋居民楼里的一个小套间里。

大约十分钟以后，他敲响了吉娜的门。不一会儿，吉娜睡眼惺忪地给他开了门。她对他在这个时候到访，以及浑身被淋得湿透没有表现出惊奇，而只是兴奋地把他拥进怀里：

"见到你真高兴……"

她把他拽进屋，帮他脱了风衣，递给他一条大浴巾：

"擦干，小心感冒。"她说着，好像一点也没有发现他亢奋的情绪。

特奥多尔·布莱诺维奇心不在焉地擦了擦，然后请吉娜坐下。他知道今晚是属于他的，他要在这个晚上了结所有事情。

"我每次见你都会非常紧张，就好像是个不可多得的礼物，是最后一次见你。"吉娜说着，拿起布莱诺维奇放到一边的浴巾，走到他身边，想帮他擦头发。

布莱诺维奇把头撇到一边，年轻女人拿着浴巾的手停在了空中，她不明白发生了什么。

"正是这样，我们不能再见面了。"布莱诺维奇说，"我很想你，也非常爱你。我也向我的妻子谈了你的事，但是我们不能再见面了。我能给你的太少了，少得微不足道。我们不能再这样下去了……对不起，我们不能再继续下去了，我们在一起是没有未来的……"特奥多尔·布莱诺维奇几乎是喊着说完了这些，没等吉娜做出反应，他也像刚才离开妻子一样，迅速告别了他的情人。

他为自己有勇气做出如此彻底坚决的举动深感满足和自信。他再次跳上自行车，朝位于市中心的画室骑去。他三步并作两步跨上台阶，用钥匙开了门，从门厅走进宽敞、装有大玻璃窗的冰凉房间。他打开灯，踏上吱吱嘎嘎作响的地板，走到屋子中央。他停下来，把目光转向墙面，墙上是一幅以吉娜为原型的巨幅油画。现在他觉得这幅画非常成功，它闪烁着惊艳、瑰异的美丽，最好地诠释了他所理解的天壤之别。

这时，他才觉得自己已浑身湿透，湿到了骨头里，湿到了心里。

他感到很冷。为了驱寒，他点上了壁炉，换上了一件运动服，整个身体蜷曲在旧沙发床上，并随手拉了几条单子盖在身上。他冷得牙齿上下直打架，然后他闭上眼睛，等待着屋子慢慢热起来。渐渐地，寒冷的感觉慢慢被温暖、舒适和宁静的感觉所替代。他有种走出噩梦、逃脱恶魔的感觉。他累极了，完全被安静和疲乏融化了，终于在黎明时分睡着了。

第五章

最重要的是谁掌握权力。那个掌握着一个国家或一个时代的绝对权力的人必须比他所掌握的这一权力更强大。否则,权力会把他毁灭。不管怎样,权力会对掌握权力的人产生无法承受的压力,而且,不管此人如何强大,他都会被权力改变。理想的状态是,权力掌握在那些不喜欢权力,甚至蔑视权力的人手里。马太·帕维尔把这些无序的思绪记在笔记本上,一会儿喝口咖啡,一会儿喝口橙汁。那是遇见特奥多尔·布莱诺维奇三天后的一个阳光明媚的早晨。

总是存在一种看得见的权力和一种看不见的权力。很多情况下,真正掌握权力的人并不是那些领导者,几乎毫无例外地总有人在暗中操纵他们。马太·帕维尔继续急速但工整地记录着。他对自己的评述很不满意,但却又不知道如何更好地表述。他在写一个关于拉斯普京①书的概述。比如,在沙俄的皇宫里,理论上是沙皇尼古拉二世掌权,但是他却受日耳曼血统的皇后亚历山德拉·费奥多罗芙娜的影响。而他们两个都只是"恶僧"拉斯普京手中可怜的玩偶而已。俄语中,"拉斯普托夫"的意思是"放荡",而"拉斯普蒂"是"交叉路口"的意思。据说这是个命中安排好的名字。有个叫阿廖沙的孩子,碰巧他又是个沙皇太子,

---

① 格里高利·叶菲莫维奇·拉斯普京(1869—1916),俄国尼古拉二世时代的神秘主义者、俄国沙皇及皇后的宠臣。

得了血友病。有人利用了这件事,因为君王们也是人,是父母,也有人的软弱之处,而这些都成了拉斯普京疯狂权力的源头。这个毫无德行、道德败坏、卑鄙下流的家伙改变了上百万人的命运,甚至改变了历史。更有甚者,这个骗子拉斯普京好像还是恺撒的探子。

令人厌恶的历史题材,我怎么也完成不了这一百页的论文,马太·帕维尔这么想着,便把笔扔到了一边。

这时电话响了。

"喂。"

"您好,帕维尔先生,我是特奥多尔·布莱诺维奇,能见个面吗?我就在楼下大厅里……"

"当然可以。"马太·帕维尔答应道。

这个电话来得太及时了,可以让他暂时摆脱这个使他力不从心的论文,还能让他了解这个陷入情感困惑的特奥多尔·布莱诺维奇的新进展。

"我十分钟就下来。"马太·帕维尔加了一句。

"那我在咖啡厅里等您。"他告诉他。

等马太·帕维尔来到大厅时,那个总是穿着那件灰色风衣的画家还坐在前台边的椅子上,好像已经放弃了去咖啡厅的打算。

从马太·帕维尔的眼神里,布莱诺维奇知道对方已经猜出了自己目前所处的极度焦虑的状态。

"是的,我一点也不好。我不知道该怎么办,所以又来找您了。"特奥多尔·布莱诺维奇说道。

"怎么了?"马太·帕维尔问道,在旁边的椅子上坐下。

"我搬到了画室。我离开了吉娜,也离开了家。我知道这样解决不了问题,但一切都是暂时的,已乱成一团了。我妻子来找过我,她求我回去,我不知道该怎么办。吉娜坚信我抛弃她是因为我不再爱她了……简直是乱了套了……这几天我拼命地画画,我从来没有这么卖力过,好像都不是我自己了。我想让您看看我的画,我很想给人看看我的画,但是在这个城市里除了几个老得掉渣的绘画老师外,找不到合适的人,所以,我又来找您了。"

马太·帕维尔跟着他来到了画室。由于还牵挂着那篇令他绞尽脑汁的关于权力和力量的论文,他根本无法集中精力倾听画家一路上向他诉说的烦恼。画家一边诉说,一边用手推着自行车的把手。这辆自行车和他那灰色的风衣一样,也成了他的一部分。马太·帕维尔只断断续续地记住了其中的一些片断:"我离开吉娜并不是因为我不再爱她,而是因为我太爱她。"还有:"我明白了,少了她们中的任何一个我都无法活下去,我无法只和她们中的一个人生活。现在我试着不和她们中任何一个在一起。"还有:"我有一种挥之不去的感觉,即她就是我身体的延续。"所有这些毫不连贯的句子,就像出现在夏日宁静的天空中的不明飞行物一样在马太·帕维尔的脑子里盘旋。它们散发出短促而耀眼的光芒,让他感到窘困,因为他无法破译它们,无法弄明白。而画家说的话正好与一直困扰他的质问混杂在一起:谁留下的遗产?为什么接受写这篇关于权力和力量的论文?我到这里来干什么?

画室位于公园入口处旁一座快要坍塌的旧庄园里。他们上了楼梯,画家打开了一扇巨大木制门的锁,进入了一个小门厅,从那里他们进入画室。这是一个大房间,一面大大的玻璃墙,外面是个大阳台,另一侧墙则被一大块布遮挡着。马太·帕维尔猜想,那里应该就是那幅正在制作的画了,用布挡着只是不想让偶尔进来的不速之客看见吧。

布莱诺维奇迎着他惊奇的目光,证实了他的猜测:"我不想让别人看到这幅画。到目前为止还没让人看过呢。"

布莱诺维奇没有马上向他的布加勒斯特客人展示他的画,他想先制造一点点气氛。他请客人脱下滑雪衣,问要不要喝杯李子酒。在得到否定回答后,他建议喝杯咖啡、可乐或矿泉水。马太·帕维尔接受了提议。于是,布莱诺维奇在一个小煤气炉上精心地煮了咖啡,还从冰箱里取出了可乐和矿泉水,和热腾腾的咖啡一起放在一张小桌子上,然后从容地喝了一口咖啡。马太知道布莱诺维奇是想摆脱那种极易烦躁的情绪,让自己从日常的压力中解脱出来,同时,也算是为揭开他的画举行一种仪式。

"咖啡还行吧?"画家问道。马太·帕维尔点点头,他知道这只是对方想平静一下心情的一句客套话。

随后,特奥多尔·布莱诺维奇问客人什么是他记忆中的第一印象。马太·帕维尔耸了耸肩,说不记得了,不过他说他会努力回忆的,如果想起来,下次一定告诉他。

"一切我都记得非常清楚,有些事情甚至记得很精确,比如我对这个世界的第一印象。那时我还很小,好像刚刚会说话。那场景的中心是我年轻的妈妈,她美丽得异乎寻常。你知道,她死了,而她的妈妈,也就是我的外祖母还活着。你认识她的,她和我住在一起……我妈妈娘家的村子离这儿不远,我的童年就是在那里度过的。村边有一条小河,河里是清澈的流水,四周是碧绿的田野,树上开满了五颜六色的花。那是一个明媚的春天,我妈妈就坐在村边一条小河岸上的一个干草垛旁,忧郁地微笑着,阳光洒满了她的全身。"

"这确实是一个动人心扉的场景。"马太·帕维尔说,但他觉得布莱诺维奇的描述中有个逻辑上的错误:春天里的一个干草垛和碧绿的田野。但这又有什么关系呢,重要的是布莱诺维奇认为存在这样的一幅画面。

"对我来说这幅画面就是天堂的一个缩影。"画家一边说着,一边朝那被布遮盖着的墙走去。

"我的这幅画和那场景有直接的联系。"他继续道,把盖在画上面的那块布揭了下来。

马太·帕维尔惊奇地发现那不是一幅平常的画。画的是一个天使，她的两个翅膀张开着，倒在一个干草垛旁。尽管整幅画很明亮，但是天使的脸上却是极度的忧郁，使人联想到死亡。慢慢地你还会发现天使好像是被关在一个没有出口的坟墓、一个透明的多面体钻石中，无法逃脱。这多面体上有数不清的面，每个面上都画着同一个天使，但又不完全相同，充满了神秘，也让人感到不安。

马太·帕维尔静静地凝视着特奥多尔·布莱诺维奇的画，他不知道该如何评价。这幅画完全超出了他的想象。现在他对布莱诺维奇有些刮目相看了，这家伙的才华太出众了。在他身上淋漓尽致地体现出了作为普通人不堪一击的一面和作为艺术家强大无比的另一面。

过了一会儿，马太·帕维尔问道："这个天使是以谁为原型的？你母亲？"

画家一边小心翼翼地罩上画，一边答道："有我母亲，也有吉娜。奇怪的是，她们俩出奇地相像。这幅画还没完，眼睛部分和眼神还要继续修饰。她的眼神必须有一定的深度，要像一扇门、一个通道那样，能直达心灵深处。"

他们又坐回到小桌旁，接着喝可乐。布莱诺维奇感觉到他的画给客人留下了极好的印象，很是得意，只是未表露出来。现在的他与几小时以前去饭店时那个忧心忡忡和焦虑不安的他，已判若两人。现在的他自信、平静，看上去更安详、更阳光。

就在这时，传来了敲门声，有人在喊画家。布莱诺维奇打开门，门口出现了一个胖胖的老太太，一副惊慌失措的样子，她边比划边用塞语向主人哭诉着什么。马太·帕维尔一点都听不懂这女人的话，但是他意识到不是什么好消息，因为布莱诺维奇的脸色随着老女人的叙述变得铁青，浑身神经质地颤抖起来。

布莱诺维奇急速地披上了那件灰色的风衣，向客人解释道："她是帮吉娜料理家务的。我得走了，对不起。吉娜在急救医院，她企图自杀，吞了一瓶安眠药。"

"天哪！"马太·帕维尔惊呼道，"如果您需要帮助，我可以跟您去。"

"不用了,再次表示歉意。我也没办法,我的生活就是一连串无法摆脱的大大小小的灾难。我会去找您的。"

马太·帕维尔一个人回到了饭店。一种奇怪的现象在他身上发生了,好像布莱诺维奇的创造力传给了他,感染了他,使他获得了新生,变成了另一个人。从着手写那篇倒霉的关于权力和力量的论文开始,他第一次有了写作的欲望,迫切地想动笔,思路也异常地清晰。此前他一直是条理不清,思路不畅,目光短浅,而现在他却胸有成竹,那篇关于权力和力量的论文已经在脑子里成文了。

他拿来笔和纸,一口气写完了关于拉斯普京的那一章,好像有谁在给他听写似的。这一章节已经耽搁了他十几天的时间。

紧接着,他又完成了整篇论文的提纲,他的思路闪电般地铺展开来,所有的句子和单词都已在他的脑海里,以后的几天或几周,他只需把它们一一誊到纸上即可。

他没有感觉到时间的流逝,也没感觉到累,倒是慢慢侵占房间的黑暗使他不得不停下手中的笔。以前让他痛苦的事情,现在却令他快乐无比。

马太·帕维尔感到了一种超越,一种走出困境,摆脱思维迟钝、反应麻木的快乐,犹如神话里的公主被吹了一口仙气重获新生一般。那么谁向他吹了仙气呢?当然这并不重要,重要的是他终于变成了另外一个人,一个更加贴近现实、更充满活力的人。

从现在起,他已掌握了自己生存的钥匙,明确了接下来该做些什么。早上,他要打电话给佛洛兰,询问有没有乌尔姆律师事务所的消息,然后准备动身去卡拉法特,看看那里的情况,也去适应一下那里的生活,因为以后他要在那里长期居住,还要写作,更确切地说是誊写,因为所有的一切都已在他的脑子里,就像是录在了磁盘上一样。当然重要的是到德国去,到乌尔姆去寻找他那不曾相见的伯父。他必须弄清楚这个伯父是谁,去寻访他家族的过去,去解开这个谜。

奇怪的是,他突如其来的活力转瞬即逝。第二天早上,马太·帕维尔又回到了原来那种思维迟钝、目光混浊、没有希望的状态。他感到自己又像一口里面从未装过水的干枯的泥罐了。

他不知道该如何继续他的论文,所有的思路全然消失,看不到任何希望。从那天早上起,他又陷入了一片混乱,唯一能给他单调乏味的生活带来一点火花的也只有与特奥多尔·布莱诺维奇的会面了,因为对方把他当成了绝对的倾听者,向他述说他的情感故事和复杂的三角恋情的进展。这样,马太·帕维尔了解到,吉娜脱离了危险,但是总体情况并没有好转。布莱诺维奇发现自己对吉娜有一种愚昧的嫉妒心和占有欲,而吉娜总是时时刻刻想和他呆在一起。当然,那是不可能的,因为画家已经回归家庭,因为他和他妻子都发现,他们谁也离不开谁。真是个难题啊,一个无法解决的难题!

除此以外,马太·帕维尔没什么可炫耀的了。小城开始被一股异常的热浪席卷着,炎热的程度可以与最酷热的夏天相比。马太·帕维尔整天懒洋洋的,他已经停止写作,也没了看书的热情。他想去下一站——卡拉法特,一个同样会令他悲伤和无法忍受的地方,他对这点毫不怀疑。他给佛洛兰打了电话,请求为他做些准备,如果可能,请他告知乌尔姆律师事务所他的打算,以便通知他在卡拉法特的住处。

这段时间,马太·帕维尔睡得很多,而且总是梦见有个人对他狂笑。他看不清那个人的脸,但是他能感觉到那一定是乌尔姆那个陌生的伯父。每次他都会被那可怕的笑声惊醒,浑身直冒汗。他气恼地想,如果不被惊醒的话,或许就能看清这个亲戚的脸了。每当这时,他都去冰箱倒一杯冰凉的矿泉水,一饮而尽,接着,他又会沉睡过去。可以肯定的是,他在佛尔谢特的逗留是听其自便,而他去卡拉法特也将是一种莽撞。从现在起,他将很难融入到世界的任何地方。为什么会发生这样的事情,他到现在还未找到答案。

热情的阿列库·佛洛兰迅速而细致地安排好了一切。他告诉他，到卡拉法特不再住旅馆，据他所知，旅馆关门了。公司为他买了房子。他给了他地址，还有钥匙，并告诉他有什么需要可以找一个叫科斯泰尔的人。就像他在这里一样，科斯泰尔是公司安排在那里接待他的人。这里有他的名字、地址和电话，以备不时之需。不管怎样，科斯泰尔会在那里等他。已经通知他了，一切都安排好了。现在，马太·帕维尔是愿意坐火车还是汽车？汽车快些，从斯坦摩拉，经摩拉维察、奥拉维察、奥尔绍瓦，到塞维林，然后，沿多瑙河就到卡拉法特。马太·帕维尔想说他一年以前走过这条线路，他知道。但他还是问道：

"你的建议呢？"

"我建议开车去。"他马上提出了他的方案，因为他早想好了。

"哪辆车呢？我没有车。"

"您会有的。"佛洛兰诡异地笑着答道，"我忘了告诉您了，请原谅。公司告诉我已给您买好了车，就放在边境。我用我的车把您送到边境，因为办手续需要您的证件。等到了卡拉法特，科斯泰尔会帮您的。"

马太·帕维尔顺从地接受了公司的安排。他的顺从主要源于他越来越强烈地感到这个公司以及所有的一切：伯父、遗嘱、佛洛兰，都属于另外一个世界，完全不属于到目前为止他所生活的这个世界。促使这个前政府官员继续下去的主要动力不是遗产本身或这个伯父的身份，而是想探究整个神秘的事件。他知道，他如果想用现实这把钥匙去解开这个谜语，那将会是白费劲；他所经历的一切需要一种不同寻常的解释，对世界的另一种认识，而他对此还一无所知。他只知道身边发生的事情都有悖常理：一件对常人来说需要一辈子才能完成的事情，在这里，这家无所不能的律师事务所和这个干练的、面带难以忍受的讥讽般微笑的佛洛兰却可以不费吹灰之力轻松搞定。也许，促使他急于离开这里的原因之一也是想摆脱佛洛兰那令人作呕的面容吧。

在小得可怜的生活圈内,马太·帕维尔唯一喜欢的,也最难舍的是那个被生活深深困扰、纠结在情感中的画家布莱诺维奇。

五月的最后一天,马太·帕维尔不无遗憾地告别了特奥多尔·布莱诺维奇,允诺他迟早还会回来听他讲述爱情的悲歌,欣赏他的作品,到那时那幅作品也该完成了。

这位前政府官员就这样带着他来时的行李,坐上了佛洛兰的车,按原定计划,回到了罗马尼亚。

第六章

到了摩拉维察，蒂米什瓦拉一家汽车销售公司的一位异常热情的年轻人果真交给他一把车钥匙。马太·帕维尔微笑着收下了，他已不再为这些事情感到吃惊，因为在他看来，他现在所经历的一切都不再真实，所以还是顺势而为，把游戏进行到底，看看结果到底会怎么样。

一切都根据一项虚幻的计划进行着，所有真实的东西都像一块彩色的橡皮泥按照幕后人的意图被随意地捏弄。在离开边境地区时，一位抱着孩子、模样凄惨的年轻妇女在马路边等着搭车。马太·帕维尔停下车，看到这么一幅令人震惊的画面他能不停下来吗？女人说要去海尔库拉内，希望能搭他的车。马太·帕维尔同意了。其实，那一刻他看到隐秘处有一只神秘的手向他打了个手势。于是，他也改变了目的地，决定去海尔库拉内，先去那里住上十天，因为根据合同规定，他每年也必须在这个美丽而破旧的温泉疗养地住上十天。他确信这是整个线路必经的点，如果想解开这个谜，就不能绕过它。

在海尔库拉内，马太·帕维尔住在罗马饭店。没啥说的，他唯一可做的事情就是等待。希望在等待中能发生点什么，以帮助他破解这些不寻常的事情。

他整天独自游荡在海尔库拉内的大街、公园和切尔纳河河畔。天空蓝得刺眼，哗哗流淌的清澈河水在阳光下闪烁，碧绿的松树和远处泛着金属冷色光泽的陡峭山峰，加上那浓重的空气，让马太·帕维尔产生一种奇怪的晕眩和虚幻的感觉，仿佛是在梦中行走，已浑然不是他自己。

令他惊异的是，他又开始动笔写那篇令他憋气的论文了。尽管不再有像在佛尔谢特时那惊人的力量和令他自己都感到陌生的创造力，但是效率还是很不错。他写了将近二十页关于不同形式的权力和力量的思考，全都是理论上的、抽象的，没有具体事例，并且尝试着给它们定义、区分：政治的力量、军事的力量、金钱的力量、美色的力量、智慧的力量、心理的力量和信仰的力量。他还预感到了最高级别的力量——鬼神的力量。

写作的进展，给了他心灵上的安慰。于是，他想起了曾和他一起在布加勒斯特的人和事：他生活中的女人——卡蒂和卡尔拉、他的工作、罗马尼亚的时政，他的朋友、女儿、生活方式，还有饮食习惯。他被这种思念和好奇混杂在一起的情绪所控制。马太·帕维尔很想打个电话，看看报纸，重新搭建与过去的联系，但他还是抑制住了这种冲动。他确信他已经走上了自己选择的一段艰难的旅程，他必须坚持走到底。如果他回头，很可能会像神话中的人物一样失去一切；会被驱逐出游戏，魔力就会消失；而他就会变得孤独无能，被遗弃，就像一个醉鬼，早上在马路边的地沟里醒来，还不知道发生了什么；会错过提供给他体验一种新的人生的机会。因为，马太·帕维尔怀疑（尽管朦胧，像是雾里看花，但还是怀疑）最近发生的一连串事件都属于这一潜意识试验。

因此，马太·帕维尔固执地等待着：他坚信，他没有直接去卡拉法特而到这里逗留并非偶然。普通事件的背后，隐藏着另外一些未被发现的信号。它们一旦被发现，一切就将被改变，被颠覆。

但是，九天过去了，什么也没有发生。第十天的早上，当马太·帕维尔来到餐厅时，在一张餐桌旁发现了一个很奇特的人。这个人的出现在他心中燃起了一把火，他暗自惊叹道：他就是我要等的人了。

那是个上了年纪的人，矮矮胖胖的，留着滑稽的小胡子，像是神话中的小侏儒。他戴着绿色的领结，穿着厚厚的赤褐色外套和肥大的浅色裤子，看上去很扎眼。服务生走到那人身边，准备用仅会的那几句英语为他点菜。但是，客人一点英语都不懂，他用手比划着，嘴里操着不知哪国语言。在马太·帕维尔听来像是北方的语言。

前政府官员仔细观察着这个奇特的人，试图寻找机会与他搭讪。在那人吃完服务生依据自己的理解给他上的早餐后，马太·帕维尔犹豫中略显胆怯地走上前去与他打招呼。

但是他搞错了，他未找到他想要的。这个怪诞的人只是外表上有些怪异而已。这位像是从月球上来的人来自挪威，是挪威一家旅游公司的代表，想在这里收购一家饭店。马太·帕维尔用法语与他交谈，而挪威人的法语很是一般，不过他很高兴能与如此殷勤的当地人闲谈。除了第一眼见到时产生的怪异印象外，马太·帕维尔没有从这个人身上发现别的东西。很明显，他找错了人，这个挪威人不属于他故事中的人物。前政府官员急忙与这个模样滑稽的生意人道了别。他对在这个城市的逗留寄托了太大的期待。或许，在这里停留的唯一意义就是继续他那篇论文。

马太·帕维尔已经意识到，自从他接受遗产以来所发生的事情都不是偶然的，而是精心安排好的。他甚至还推测到它们的一些规律，只是摸不清那个作弄他的人的思路。因此，常常出错，就像这次，又被直觉愚弄了，误以为那个挪威人是带有象征色彩的人。

在扔下那个迷失在海尔库拉内的挪威人后的几分钟里，这位前政府官员一直被这些想法控制着。他来到公园通往书店的中心大道上。他想到书店看看有没有对他有用的材料，他还想充实一下他的论文。他走过一棵称得上是大自然杰作的大树，不紧不慢地踏上通往商业区的台阶。在一个平台的栏杆旁，有位面色苍白、瘦得皮包骨的先生。他神情恍惚，弹奏着一种介于里拉琴（古希腊的一种竖琴）和吉他之间的奇怪乐器。此人的样子完全符合马太·帕维尔想象中虔诚的东方苦行者的样子。乐器的琴弦发出冗长、悲凉的声音，曲调艰涩难懂。马太·帕维尔顿时感到一阵惊喜：这证明他的等待是对的，只是第一次搞错了。现在他清楚地认识到，他来海尔库拉内就是为了见一个人，但这个人不是那个挪威人，而是这个弹里拉琴的人。

马太·帕维尔走过去和他打招呼。苦行者极其自然而平静地抬起头，好像就是在等他一样，他也向他道安，并问他过得怎么样。他说的是带点口音的罗马尼亚语，就像是机器人学说话一样。

马太·帕维尔耸了耸肩："过得怎么样？马马虎虎吧。"他不知道该如何回答。那人背上琴，把散落在周围的一些东西收了起来，塞进一个说不清什么颜色的布包里，把帽子里几个过路人给他的几张钞票放进口袋，把宽檐帽子戴到光秃秃的脑袋上，示意马太·帕维尔他已经准备好了。马太·帕维尔心想，准备好干什么呢？他不知道接下来事情会如何发展。

苦行者好像猜出了他的疑惑，补充道：

"走，我们到有太阳的椅子上去坐会儿。阳光真暖和、温馨，我给您讲一些关于我的事情。"

他发现马太·帕维尔有些困惑和惊讶，就急忙解释道：

"您可能在想，我怎么知道您对我感兴趣，愿意听我讲讲我的一些经历……好，告诉您，没有什么神秘的。我去过很多地方，还到过西藏，听大师们讲过经。我学会了如何集中精力，也多少能从人们的面部表情和眼神中猜测他们的想法。这是一门学问，和别的学问没什么两样，也是一种职业，只是欧洲在传统上没有这方面的研究。"

艺人边说边迈开大步在小公园里缓慢走着，直到找到一把合适的长椅。他面带温柔的笑容坐了下来，向前政府官员打个手势，示意他也坐下。

"我叫伊韦斯。"他非常有礼貌地说道，"您怎么称呼？"

"马太·帕维尔。"

"很高兴，马太先生，很高兴。我出生在法国。我的血管里流淌着的是混合了多个民族的血液，我的父亲是瑞典人，祖母是俄罗斯人，而祖父是德国人，重要的是，我的母亲是从西班牙迁至近东的犹太人。我的这些如此异化的民族特征，在我的性格上烙下了特别的印记。首先我非常喜欢旅行，简直有些病态。在任何地方我都会像在家里一样，我不能在一个地方呆得太久，那样我会感到窒息，如果不到另一个国家甚至另一个大陆，我就会无法呼吸。我迷恋旅行就像迷恋毒品一样。还有，我有令人难以置信的学习语言的能力，当然这也不是什么大的本事。我从来没有出类拔萃过。真的，可能是遗传的吧，我可以毫不费力地抓住一种语言的结构和特征，就像一个孤僻的孩子记住一长串数字、地图或者图片什么的。在一个国家呆一段时间，我就能学会他们的语言。过程十分自然，就像是在街上散步一样。一个很好的例子，就是你们国家的语言，我说得还不错吧。如果您问我会几国语言，我可以告诉您很多，说出来您会吓一跳，三十来种吧。"

马太·帕维尔非常专注地听着。既然让他遇上了这个法国人，他唯一能做的就是专心听他讲，用心记住他传递给他的信息，然后再慢慢地搞明白伊韦斯出现在他那些天方夜谭似的故事中的含义。

所以，马太·帕维尔希望在自己还在海尔库拉内的不多的时间里多和他在一起，听他讲述他那些不寻常的故事。于是，他邀请伊韦斯和他共进午餐。法国人痛快地答应了，而且狼吞虎咽地吃完了马太点的所有菜。

伊韦斯以其放荡不羁的性格，过着介于艺术家和乞丐之间那种无拘无束的生活。他蔑视金钱，你都不知道他靠什么生存。他经常是几天没有吃的，露宿街头，在马路边或椅子上忍受寒冷或酷暑的折磨。但是，在他看来，这种生活方式再自然不过了，他唯一接受的规律就是没有规律，他拒绝常规。因此，他已经建立了一套独自的价值体系和规章。比如，每天太阳升起时，他就会醒来，两眼静静地盯着天空，或祈祷或用他那从不离身的乐器弹奏乐曲。这样他就能感觉到世界在他周围不断神奇地重新组合，就像香甜多汁的果实聚集在果核四周一样。

伊韦斯另外一个试图遵循的规律是每天都要做爱。伊韦斯有些干瘦,他的皮肤被阳光和劲风打磨得异常黝黑。他接触过世界各个角落的女人,并且总能从每个女人的身上找到一种让人崇拜的美,一种重启生命的源泉。而与她们做爱只是他值得吹嘘的许多事情中不屑一提的一件,那是因为他在她们滚烫的身体里播下种子只不过是出于对上天的一份敬意。

伊韦斯的这个形象在他们握手道别的那天晚上已深深地刻在了马太·帕维尔的脑子里。一大早,马太·帕维尔便赶往多瑙河畔的港口城市卡拉法特,他提议里拉演奏家和他一起去。但艺术家婉拒了,他说他会去的,可暂时还得在海尔库拉内呆几天,因为有个乡村民间乐队吸引着他,其实就是乐队中那个拉扬琴的吸引了他,他也想学扬琴。等他学会了扬琴,他会去另外一个地方,到阿拉海那边的乌兹别克去。

那天夜里,马太·帕维尔睡得很少,但他并未觉得累。他在极力思考着这个令人难以忘却的伊韦斯的出现意味着什么。他是个典型的流浪者形象,是一个把任何他所到之处都当作世界中心的人。他是连接各种语言、信仰、思想、历史和民族的桥梁,是个中心点;一个表面上弱小,但却可能掌握着解开自己的有关权力和力量的难题的方程式。或许,就是我要寻找的答案。那么,我不能错过他,应该和他保持联系,或者应该说服他一起去卡拉法特,而不去什么阿拉海……不过,如果他想去,那就让他去吧,即使我们再也见不了面,那就见不了吧,我是无力改变的。

第七章

　　卡拉法特异常安静，炽热的空气令人窒息，似乎要把一切有生命的东西都溶化掉。就像他第一次到这个城市一样，马太·帕维尔又感到了那种不真实的压抑。

　　这座城市呈几何对称布局，所有的街道都垂直相交。按照阿列库·佛洛兰给的地址，马太·帕维尔很容易就找到了位于多瑙河边的一栋刚刚翻新过的乳白色平房。他推开新木门，走进院子，里面种满了花草和树木，其实就是一个花园。远道而来的布加勒斯特人感觉这就是一个小天堂，他走上前按响了门铃。

　　门开了，里面出现了一个与阿列库·佛洛兰长得一模一样的人：一样带有嘲讽的笑脸，一样发亮的眼神，一样的表情，一样的个头，就连走路的姿势都一样，也有点瘸。

　　"马太·帕维尔先生，欢迎您，我正等着您呢，都准备好了。我叫科斯泰尔，您有什么需要尽管跟我说，我会帮您解决。"

　　"科斯泰尔先生，对不起，请问，你与佛尔谢特的阿列库·佛洛兰先生是兄弟吗？"

　　"当然不是了，我没有兄弟，只有一个姐姐，她死了。与那个塞尔维亚人，我只通过电话，没见过面。我知道他受雇于德国人，负责照顾您，就像我在这里一样。"

　　马太·帕维尔早已对那些不同寻常的事情习以为常，所以他已不再对此感到困惑，对这两个人如此地相像，他也不再感到奇怪。他开始巡视自己的房间。一切都无可挑剔，所有的东西都是新的。浴室里有冷热水,还有空调。

"热水怎么烧?"布加勒斯特人故作平淡地问道。

"我们,不,您这里有个煤气热力站。煤气由院子里那个大煤气罐提供。现在夏天只用它烧热水,而冬天您也不会有问题,暖气棒极了。"科斯泰尔兴奋地介绍着,"所有的材料、设备都是德国货,由克拉约瓦的意大利人负责施工的。马太先生,您拥有一所非常漂亮的房子。博尔曼先生指示,所有的东西都要用最好的,要德国设计、德国制造的,真是没得比啊。"

马太·帕维尔不想再听科斯泰尔喋喋不休的介绍,便坐在了厨房里的一把软垫椅子上,迷茫地看着他在屋里一瘸一拐地走来走去,满意地、卑微地介绍着一切。他那副恭逊的样子简直与佛尔谢特的那位如出一辙,就像是他的复制品。这种惊人的相像没有合理的解释,所以,马太·帕维尔也不想再去追究……

科斯泰尔迎着他的目光,发现了他心不在焉的样子,便从自己的夸夸其谈中停了片刻,好让马太回过神来。而马太·帕维尔像是被划着的火柴烫了一下似的清醒过来:

"科斯泰尔先生,你刚才说什么?"

"噢,我知道您有点困倦了,您累了,走了这么多路,天又这么热。"科斯泰尔笑着对自己解释道。

于是,他也坐到了凳子上,继续道:

"至于吃饭问题,都安排妥了。最好不要到饭馆去吃,谁知道吃了哪家餐馆的饭菜而得病呢。如果您一定想去,市场边上有一家烤肉肠做得特别好,别的地方我建议您别去。我找了一个人专门给您做饭,是斯特内斯库太太。她退休在家,就住在隔壁。她做得一手好菜。如果您想见她,我这就叫她过来。"

"不用,不用,现在我想休息,明天吧。"

"随您吧。但请把您的证件给我,我去办理有关车的手续。"

马太·帕维尔把证件交给他。这样他也摆脱了这个同样令人烦恼、无法忍受的佛尔谢特的佛洛兰的复制品——卡拉法特的科斯泰尔。

在留下他独自一个人后,马太·帕维尔告诉自己该睡一会儿了。他走进卧室,里面开着空调,很凉爽。他一躺下倦意便随即袭来,而且马上就进入了一个内容真切的梦境。

等他醒来时已是快晚上八点了。他还沉醉于刚才的梦中,但其中的细节却一点也想不起来。他走到那个小门厅。这个季节,白天变得很长。太阳还没有下山,散发着淡淡的红色。帕维尔打开大门,来到了街上。略带点坡度的街上静静的,空无一人。他想认识一下这个地方,看看自己下半辈子将要生活的地方。

在不到三十米处,这条街就被一满是树木的陡壁切断。走近陡峭的崖边,马太·帕维尔发现了一条与这条街道垂直的小道。他踏上小道,绕过几座房屋,漫无目的地在狭窄的小道上走着。他来到了一处高凸的平台,上面有一座纪念碑。从那里视野开始变得很开阔,不仅能看到河面,还能看到河对岸的平原。

马太·帕维尔在一长条椅子前停了下来,久久地凝视着太阳慢慢地落在河的尽头。一群小鸟从他身边飞过,远处响起了钟声,能闻到腐烂了的菩提树的花香,有个小孩从他身边跑过,惊诧地看着他。

自从接到有关遗产的消息后,马太·帕维尔一直在为他目前的处境寻求答案,这次他感觉到又向前迈进了一步。现在他觉得所有的一切都不是真实的。尽管它们看似与现实很接近,但却不是真的。从卡尔拉为他翻译来自德国的信函那一刻起,现实已被一分为二:一半是人们熟悉的生活,它遵循自己的规律;而另一半,脱离了正常生活的时间和空间。就像一列火车的几节车厢,在一个岔道口脱离了整列列车,跑到了另一条与之平行的轨道上,这几节车厢将永远不会再和整列列车相交。他怀疑所有发生在他身上的一切都不是真的,它们只是一个持续时间长、无法从中挣脱的梦。

他很想与人说说这些猜测,但是谁是最合适的人呢?布加勒斯特的那些老朋友已无法联系，他们也没有时间和兴趣来关心他的问题，再说他们现在已不再属于同一个世界。唯一的倾诉对象就是佛尔谢特的画家了，只有特奥多尔·布莱诺维奇有时间和热情听他诉说并且能够相信他所说的一切。于是他决定当天晚上就给他写信。

回到家，回到那个难以相信是真实的房子，帕维尔仔仔细细地察看了一遍后，诧异地发现，衣橱里放满了衣服和鞋子，都很合适，全是他的尺寸，而浴室里放着的也是他平时用的东西。客厅里有大大的窗户和一扇通往阳台的门，书架上摆放着他喜欢的书，还有那些为了写那篇关于权力和力量的论文而买的、从布加勒斯特带到这里的书，甚至还有数十本他一直在寻找但始终没有买到的书。

他从容地察看着这个新家，觉得一切都很熟悉，似乎不是第一次跨进这个门。他不明白为什么会有这种感觉。等看完房间，有了一个整体印象后，他猛然发现，这座房子完全按照他十几年前勾画的设计建造而成，当时他想盖一栋房子，但因为钱不够而放弃了。

"有人在戏弄我，作弄我，他不停地抓挠我，准备随时把我整垮。"帕维尔自言自语着瘫倒在椅子上。

马太·帕维尔走进小书房，拉开抽屉找纸，像是知道那里一定会有纸似的。他在白纸上写下了刚才的想法。他给画家的信是这么开始的："亲爱的特奥多尔·布莱诺维奇先生，有人在戏弄我，作弄我，他不停地抓挠我，准备随时把我整垮。"

写完信，他感到轻松了许多。在向画家诉说了他目前所处的难以置信的困境后，他的内心舒畅了很多，就像一个遭遇海难的人，把一张重要的纸条放进一个玻璃瓶，然后扔向大海：这样或许有人会发现这张纸条，而他还能有生还的希望……

他的心情开始变得开朗还有另外一个原因：他不得不全力以赴把这个叫不上名、不同寻常的游戏进行到底，尽管这是一个玩命的游戏，一个介乎现实和非现实、真实和虚幻之间的游戏，其规则神秘而残酷，一旦进入必输无疑。而马太·帕维尔已经完全被吸引住，他觉得这个游戏非常有魅力,并决定将它进行到底。

于是,马太·帕维尔满怀信心并全身心地(把自己想象成一个与苦难赛跑的田径运动员,一个试验品)融入到这个城市的生活中:一种被遗忘的边缘省城的生活,一种简朴人的生活。这里,时间的流逝都和别处不一样,有时甚至停滞不前。不是吗?他已在慢慢地变成一个当地人。他常常以他第一次来这里时所了解的卡拉法特与现在他所看到的卡拉法特作比较。他不得不承认有许多不同之处。在小镇第一层表象后面,在隐迹纸的第一页下面(具体地说,那些给人不真实、压抑和世界尽头的感觉,那给小镇蒙上虚幻色彩的震慑)存在着另一种景象:这里也有生活,而且是很普通的生活,节奏很慢,很特别,但由于贫穷变得很艰难。

而前政府官员的日常生活与当地人的生活有天壤之别:这位布加勒斯特人能享受到的极其悠闲的生活与大部分一贫如洗的当地人形成了鲜明的对比。当时的卡拉法特失业率非常高。一九八九年以前建成的几个工厂,集中了大部分该地区的村民。现在这些工厂大都已倒闭,工人们失去了工作。你无法想象他们靠什么生活。唯一的生活来源是从保加利亚倒卖些小商品。

而马太·帕维尔每月能进账五千马克,超过当地最富有的人,所以得到了当地人的尊敬和顺从。

刚到这里没几天,马太·帕维尔就认识了被科斯泰尔选中来照顾他生活的邻居斯特内斯库太太。她曾经是多瑙河畔一家小旅馆的厨师长。这家小旅馆因为缺少房客关了门,她也因为年龄不小,退了休,她为食品匮乏无法施展厨艺而感到遗憾。现在又有了给人做饭的机会,且不用在原料上精打细算,她自然很是高兴。

于是,马太·帕维尔被迫享用起了极其可口而丰富的饮食。令他吃惊的是(因为他从来不贪食,况且最近一段时间他在饮食上很凑合),他居然无法抗拒这些美食。鸡汤、蔬菜牛肉汤、番茄酱或奶油炖猪肘或牛肘、羊油奶酪拌的杂菜或西红柿色拉、烤肉加圆白菜、洋葱或炸土豆配菜和水果蛋糕或苹果饼，彻底地把他征服和俘虏了，并在不知不觉中把他带入了一种安逸、充满美食香味的居家过日子的天堂。经过几周如此这般的美食享用，马太·帕维尔惭愧地看到镜子里自己原来干瘪的脸变圆了，肚子也鼓起来了，像是怀孕初期，或者藏了半个篮球。

他几乎是绝望地请求能干的厨师马上停止这些菜谱，给他做些清淡的饭菜，少点肉，多点蔬菜，再给他泡些茶喝。当然，这让斯特内斯库太太很失望，她解释说，马太·帕维尔根本不用忌口，现在他的脸色才刚刚有点红润，身体也变得结实了些，这才是一个认真干事的男人应该有的体魄。

斯特内斯库太太的这番话并没有被前政府官员采纳。更让她恼火的是，马太·帕维尔下令家里只能吃粗茶淡饭，所以她只得忧伤地在厨房里转悠，活像只不让唱歌的鸟。

马太·帕维尔进入了一种妄想状态（他越来越确信，所发生的一切都跟那场游戏有关，都是有人预先设计好的）。他把这种食品的诱惑也归结到这个幕后的策划者身上，认定这个人改写了他的生活，戏弄性地让他违背自己的本性生活，包括让他追求美食。

正是这些使他坚定了停止享用美食的决心。

第八章

结束了对美食的无辜追求,马太·帕维尔有更多的时间去了解这个小城的习俗、这里的居民和他们之间的等级关系。他发现这里也有一个小小的权贵阶层,一般人很难被这个阶层接受。掌控这个阶层的是一个和他年龄相仿的,名叫弗拉蒂米尔·杜米内亚的先生,人们称他为工程师先生,似乎这是当地最受尊敬的称谓。

所以,当有一天下午,弗拉蒂米尔·杜米内亚通过那位卑微的瘸子科斯泰尔邀请帕维尔去他家做客时,马太·帕维尔认定这是一件大事。它传递了这样一个有分量的信号:这个阶层已对他敞开大门,他将被该团体接纳。

马太·帕维尔刮了胡子,抹上爽肤水,穿上了件浅蓝色的棉质短袖衬衫、一条浅灰色粗帆布裤子。

"他住哪里?我步行还是开车去?"他问科斯泰尔。

"啊,不,不。怎么能让您一个人去?我给您带路,那地方不好找。"

他们沿着街道往前走,径直到了长满草木的峭壁。从那里,他们走过一段弯弯曲曲的小道,抄近路,到了多瑙河边。天气非常炎热,马太·帕维尔早已浑身湿透。但科斯泰尔却敏捷地穿行在这些陡峭的小路间,丝毫不受烈日和腿脚不便的影响。

他们踏上一片细腻的沙滩,朝一艘停在岸边的小汽艇走去。甲板上站着一位身穿文化衫和短裤的男人,胡子拉碴的,独自无聊地抽着烟。看见他们来了,他急忙扔掉烟头:

"科斯泰尔先生,您好。准备好了?可以出发吗?"

"走,伙计。"科斯泰尔回答道。他的口气分明在说,在这位机械师面前,他不是一般的人,而是属于由极少数人组成的上流社会。

等他们两个跳上甲板,机械师便发动了马达。汽艇颤动着,带着巨响朝多瑙河上游驶去。开出去大约六七公里后,卡拉法特已被远远地抛在了后面。绕过一个岛屿后,突然(因为多瑙河在那里走了个小弧形,他们的视线被一片杨树林遮挡),高高的岸边出现了一座富丽堂皇的房子,黄色的墙,绿色的釉瓦。水手熟练地操作着,跳入水中,把船拉到岸边,用一根粗绳子把船拴在了一根铁柱子上。

他们沿着新砌成的水泥台阶往上走,刚才看到的房子近在咫尺。这是一座优雅、漂亮的别墅,在这个如此贫瘠的地方显得尤为扎眼。它的边上还有一个游泳池,外围是绿树成荫、带喷泉的水池和置放着几把椅子的小花园,再过去是一片果园,到处都是喷着水的洒水器。

"弗拉蒂米尔先生应该就在这里。"科斯泰尔瘸着腿,一边走,一边说。

在大约五十米处,有个光着膀子、只穿一条旧牛仔裤的男人,皮肤晒得黝黑,手里拿着锄头,正在园子里干活。

"你们到了?不好意思,我这副样子迎接你们。我叫弗拉蒂米尔·杜米内亚。"他自我介绍道,口气十分自然、友好。

马太·帕维尔来前想象中的他完全不一样:他认为他应该很忙碌、很自我、很傲慢,就像这些年暴富的人那样。

"我叫马太·帕维尔。"他也自报了家门,上前握住了主人伸出的手。

"科斯泰尔,带马太先生到凉台上凉快凉快,让小姐给客人拿点冷饮。对不起,我必须冲个澡。"

看着他走向房子,马太·帕维尔感到,这个人一见面就让人产生好感和信任,能把你征服。

在凉台上喝着咖啡和矿泉水等候主人的时候,这个迷失在世界尽头的布加勒斯特人发现，周围除了这幢别墅，再也没有别的房子。它高傲而孤独地坐落在这块充满野性美的神奇土地上，被沟壑、水潭、灌木丛、洋槐树林以及古老的山丘和田野环抱。马太·帕维尔正纳闷这里的供电是如何实现的，便发现空中拉着一条条线，顺着线他看到在荒芜的大地上竖着数十根柱子。不用说，这些电线不知从哪个地方专门为这所房子拉来了电源。

科斯泰尔好像发现了马太·帕维尔所关注的问题，口气里带着欣赏和惊奇：

"这些柱子拉了十五公里远，都是由弗拉蒂米尔先生出钱安上的。我不知道他为什么偏偏要在这里盖房子。"

弗拉蒂米尔·杜米内亚精神焕发地回来了，他在一把木椅上坐下，态度平和、谦逊。

"好了，忙完了。现在我听您的吩咐，帕维尔先生。"

科斯泰尔知趣地退了下去，好让他们安静地交谈，他自己则来到岸边和开汽艇的机械师做伴。

"您一定很奇怪我为什么非要认识您吧？"别墅的主人算是作了开场白，"因为这里有趣的人不多，人人都不得不打招呼。"

"您有一座非常漂亮的房子，尤其是在这一片没人居住的地区。"马太·帕维尔尽力接上话茬。

"我给您讲讲这幢房子的来历。不管怎么说，我很自豪能在多瑙河边建起这所……怎么说呢？敞亮而体面的房子。我的童年就是在附近的一个村子里度过的。那时我常常到这里来玩耍。在我眼里，这是世界上最美丽的地方。从那时起，我就梦想着日后能在这里盖一幢房子。我是不是有点太主观？我实在是太热爱这片土地了，在我眼里，它美丽无比。我错了吗？您会从其他角度思考，您怎么看？"

"没错，没错。这里的风景确实很独特，很多样，有许多令人称奇的地方。"

"您这么说我很高兴。如果您愿意，我带您领略一下这个地方的一些小秘密。"

"当然愿意。"布加勒斯特人接受了邀请。

"希望您不是出于礼貌才接受我的提议的。"弗拉蒂米尔·杜米内亚确认了一次。

"当然不是,弗拉蒂米尔先生,我确实是特别感兴趣……"

弗拉蒂米尔·杜米内亚得意地开始准备起来。他离开了几分钟,回来时手里拿着一部移动电话和一串车钥匙。

他带着布加勒斯特人来到了别墅后面的车库,他们上了一辆越野车。弗拉蒂米尔·杜米内亚麻利地发动了引擎。在他驾车穿梭在山丘和树林间满是尘土的蜿蜒小路时,他还打了两个电话,确认他要找的那些人都在,能见得着。

道路纵横交错,像一个编织得极为复杂的蜘蛛网,谁都会迷路,唯有弗拉蒂米尔·杜米内亚知道该走哪条道,他甚至闭着眼睛都能穿行自如。

"这里,您看,那个十字架的位置,上帝曾在彼得拉凯·鲁普[①]面前现身。您听说过这个故事吧?"弗拉蒂米尔·杜米内亚向马太·帕维尔介绍道。

"噢,听说过。这附近好像还有个教堂吧?我曾经还想来参观的呢。"

"我们现在就是要到那里去,离这儿不远。"弗拉蒂米尔·杜米内亚笑着答道。

的确,没一会儿,在一片橡树丛中便隐隐约约看见了一派垒砖砌瓦的场景。在一片林间空地中堆放着的砖、沙子、圆木和其他建材,都提示着这里是个工地。不远处还有几个工棚,再远处是修道士的简陋住房,中间便是教堂,红色的砖墙、拱廊、拱顶、塔楼,棱角分明,在一片翠绿中显得庄严肃穆。

---

① 彼得拉凯·鲁普:一个牧羊人,自称和上帝说过话。

在院子里迎候他们的修道院院长作了详细的介绍，还向他们讲述了教堂在修建过程中的一些波折。这座修道院是由设计了布加勒斯特卡辛修道院的设计师在三十年代设计的。因为赶上了那个仇视的年代，也由于缺少资金而迟迟未建成。这些年来，修道院院长一直盼着能通过上帝的恩赐，把这座神圣的修道院建起来。

马太·帕维尔在这个修道士脸上和眼里看到了他所不能理解的谦和和强烈的光芒。这位上帝的臣民有一种力量，给人一种信任，让你相信他所做的事情一定能成功，这座教堂一定能在这片远离人间烟火的地方盖起来。他平静地讲述着他和他的兄弟们所经历过的苦难，尤其是冬天那些难熬的日子。他显得那样地安详和满足。对马太·帕维尔来说，这是一条依旧陌生、未经探究的道路。在他看来，这个人具有如此的力量简直就是个谜：难道信仰能有如此神奇的力量？那么如何才能达到这样的境界呢？需要怎么做、怎么思考才能像这个已经脱俗的人那样呢？

参观完教堂，他们又先后去了鱼塘和庄园。工程师向他的客人展示了这个鱼塘的不同之处。这里不使用电或别的常规能源。池子里的水是靠自然落差把附近山丘上的泉水引过来再自行循环的。还有，因为这里气候温和，即使在冬天，池子里的水也不结冰。

设计精湛的庄园也坐落在岸边，在弗拉蒂米尔·杜米内亚房子的上游。庄园的主人曾经是奥尔特尼亚最富有的粮商。这座颇具新艺术主义风格的建筑有一个令人称奇的地方，它每层都建有一个大平台，顺势而上，站在不同的平台看到的景色截然不同，越往上，视野越开阔。从最高的平台向远处眺望，平原、森林、河流和天空浑然一体。马太·帕维尔猜测着，弗拉蒂米尔·杜米内亚在这里盖房子的时候，一定已经看上了这个庄园，或许他不会承认这点。遗憾的是这个庄园毁坏严重。大家都只顾使用（九十年代以前和之后的几年里，这里一直是上层人士秘密的娱乐场所），谁也没有花钱去维护和修理。

晚上，他们回到弗拉蒂米尔·杜米内亚的家。主人拿出冰啤酒、白葡萄酒和直接从鱼塘里打捞上来的虹鳟鱼招待客人。白天的炎热稍稍消退了些，从多瑙河边吹来的已是阵阵凉风。整个原野都沉浸在一片安详和寂静中，这种宁静犹如美妙的音乐，格外悦耳。马太·帕维尔感到全身心的放松，无论是身体上、心理上，还是精神上都感到非常愉悦。他不知道为什么这个地方或这个人能如此神奇地迷住他，就像是一方灵丹妙药。

"马太先生，我听说您是作家？"工程师问道。

"噢，不是不是。谁跟您说的？"他急忙否定，"的确，现在我正在写一份材料，就算文章吧，但是要称得上作家那还差得远着呢。我以前在政府部门工作，现在我已没有了所谓的工作。"

"对不起，我并不想打听您的事。我知道您在政府部门工作过，我在电视上见过您，您总是对媒体宣布一些决定。"

"是的，有时候也扮演发言人的角色。我厌倦了通过我宣布的那些滑稽的消息。"

弗拉蒂米尔·杜米内亚微笑着，平静地继续道："其实我只是想确认您是否喜欢听故事。我想跟您讲讲我的故事。"

"好啊，我很想听故事。我要写的那篇文章是关于权力和力量的。不瞒您说，我还特别感兴趣，因为我觉得您是个有威望的人，正是我需要的人，或许能这么说。"

"哦，您认为我是个有实力、如日中天的人？"

"没错。"

"那是现在。"

"怎么讲？"

"不久以前，也就是两三年以前吧，情况正好与现在相反。我曾是个机械工程师。我把所有的积蓄都投入到一笔买卖中，甚至还从银行贷了款，结果全赔了。我被几个合伙人骗了，破了产。我无力偿还银行的贷款，就失去了作为贷款抵押的房子。妻子离开了我，更糟糕的是，我还得了癌症，瘦得不成样子，只有四十八公斤重。我住在奉戴尼医院，几个远房亲戚出于同情照顾我，他们相信那才是基督徒应该做的，不能让我像一条狗那样死去。医生也认为我没救了，因为癌症已经进入晚期，他们也无能为力。所有的人都等待着那不可避免的结果。我躺在病床上昏迷着，与病魔作着最后的抗争，在以天、甚至以小时计算着距离彻底告别人世的时间。但是，在这样一种状态下，我不可思议地在一个阴沉雨天的早晨康复了。那天，我突然感到完全和健康人一样。从那一刻起，所有的事情都奇迹般地发生了变化，就像是有人改变了我的生命轨迹，像改变数学方程式一样，改变了我的生活方程式，把它从负的变成了正的。所有的一切都朝着有利的一面发展。大夫让我出了院，他不停地在胸前画十字。我回到了这个城市，并且毫不费力地在一个独居的老头那里租了一间房子，又在林业部门找到了一份工作。等我去做第一次复查时，大夫又忙着在胸前画十字，因为我的癌细胞彻底消失了，好像从来都不曾有过，或者说就像在纸上用铅笔写下的几个字母被人轻易地用橡皮抹掉了一样。我的房东有个儿子在意大利的家具业谋事。一天，他带回了一个意大利商人。他们想在这里开一个家具厂。他们让我入伙并推举我为经理。生意很不错，产品通过他们的销售渠道在西方很有市场。不久，意大利人的业务，也就是我们的业务，很快扩展到了食品行业：我开了一个小型的罐头和甜点厂，还有一个香肠肉类加工厂。我都有点害怕了，因为只要我插手，就来钱，而且速度惊人。在感情生活方面，我也找到了一个真心爱我和我爱的女人。无论是身体、金钱，还是运气方面，我都像是一下子从地狱进入了天堂。我甚至想试试这个变化的真实性。有一天，我替一个可怜的妇女买了一注彩票，结果星期天抽奖时，那几个号全中了大奖，那位妇女拿到了不少钱。这种无边的运气让我感到害怕，因为钱来得太容易了，就像是天上掉馅饼似的。我觉得这是一种危险，会让我迷途。于是，我开始躲避钱财，我并不是去鄙视它，而是不去在乎它。我盖了房子，搬到了这里。我每天愉快地工作，但不是为了挣钱。这样我感觉更舒服些。这个地方很适合我，不知道我现在的生活方式是否称得上完美，但是，不管怎么说，它让我感到解脱，感到舒坦。"

弗拉蒂米尔·杜米内亚停了下来，平和地注视着对方，思量着他的讲述给对方留下了什么样的印象。

"您知道什么叫不寻常吗？我们两个所遇到的事情出奇地相似。我也是，突然间，我的生活轨迹发生了根本的变化。正是因为这个，我才来到了您的城市。我从一个神秘的德国伯父那里得到了一笔遗产。我说神秘是因为我根本就不知道有这么一个伯父。他在遗嘱中让我离开布加勒斯特，到这里，还有南斯拉夫的一个叫佛尔谢特的地方居住，让我写一篇关于权力和力量的论文，他把我变成了一台野心勃勃的写作机器。"

"如果对您不利，为什么要接受他的条件？您为什么不调查一下这个伯父呢？"

"我接受他的条件，是因为那笔钱实在太多了。同时，我也正好走到了生活的隘口，正想不惜一切代价找个出路，否则就会被活活憋死。我已进入游戏，并被吸引住了，继续下去成了我主要的生存动机。关于我的伯父，我试图去了解一些有关他的信息，但是，我无从下手，因为能够给我提供信息的亲戚都已不在人世。当然，这并不意味着我会停止寻找，我还想去德国找他。"

这回轮到马太·帕维尔用审视的目光注视工程师了，想从他那里得到一个建议，或者一个忠告。

"对不起，我不想鲁莽，但是我有点不明白，"工程师说道，"您怎么能这么轻易地离开布加勒斯特呢？您没有家室？"

"对，您说到了要害处。我和她们的关系很模糊、很脆弱。我的妻子早就离开了我，她现在在加拿大。我们有一个女儿，她像我，非常独立。我的第二次婚姻也不成功。现在，怎么说呢？有一个年轻的女孩，算女朋友吧，她执着地认为她爱我，而我却固执地认为我们两个不合适。我的工作也不称心，让我无法忍受，我正想摆脱它。就这些。"

正当他们谈得兴起的时候，一个电话打断了他们的谈话。电话是弗拉蒂米尔夫人打来的，让他马上赶回城里的家，那里有一件事情必须由他处理。

工程师用他的越野车把马太·帕维尔和科斯泰尔送回了家。他们约定到时再见面。

与弗拉蒂米尔·杜米内亚会面后的第二天，在自己宁静而凉爽的屋子里，马太·帕维尔反省着自他离开布加勒斯特后所经历的一切。不难看出，在遗嘱中提到的这三个地方，他已经认识了三个各具特色的人物：佛尔谢特的画家、海尔库拉内拉里拉琴的艺人，还有就是这片原野的主人。他们每个人都是一个难以辨认的文字，在他的游戏中担任着明确的角色。遗产的继承者从这三个不同的人身上看到了自己不同的影子，就像是在三面不同的镜子前一样，有的变了形，有的保持着原来的模样，但是他的某些特征已经被放大。他很好奇接下来会怎么发展，因为这三个人的生命方程式正在继续，尚未完全铺展开。

经过梳理他和他们之间可能存在的联系，几天以后，马太·帕维尔的心里变得明亮起来，他确信自己知道了如何具体地去证实几个月以来一直困扰他的感觉：他觉得他已与现实世界分离，离开了在接受遗产以前所生活的那个世界，来到了一个与现实世界平行，仅仅模仿了这个大家熟知的世界里的一切，但却与之分离的另一个世界。换句话说，就是去做以前一直回避的事，那就是试着去与以前那个世界中最亲近的人取得联系。于是，他走到电话机前，拨了布加勒斯特他女儿的电话，耳边立即响起了电话总局的录音提示声音，告知他拨的号是空号。难道她换了号码？他又拨了前妻的电话、卡尔拉的电话以及一位同事的电话。一个都没打通，不是占线就是空号。

最后，他想起了另外一个办法，他坐到桌前，给刚刚拨过电话的每个人写了一封简短的信，并于当天寄了出去，然后等着他们的回音。

一天早上，邮递员在他门前停下，给他带来了布莱诺维奇的来信和他前几天发往布加勒斯特的那几封信，每个信封上都标明"查无此人"。

现在，马太·帕维尔已不再怀疑：哑谜的第一关已破解。他确实走进了一个与真实世界分离的空间。问题是他能否回头，能否离开这个虚无缥缈的世界，逃脱这张令人不安的网；如果能，以什么方式。他明白，在没有揭开所有的幕帘，没经历完这个实验，或者叫噩梦，不管叫什么都行的所有的阶段以前，他是没有任何机会的。他对自己的处境并不感到疲惫和恐惧，而是做好了继续下去的准备，不管将被带到何处。

他仔仔细细地阅读了佛尔谢特的画家寄来的信。布莱诺维奇已经完成了他那幅关于天使—女人—儿童—母亲的画。尽管他已习惯了评论界和公众的赞赏，但这次的情况完全出乎他的意料：作品还没有展出，人们已经都知道了，越来越多的人——艺术评论家、艺术品商人、收藏家——自发地举行了各种神秘的庆典，就连外行们以及普通人也都无可救药地被这幅作品所吸引。已经有了关于它的评论与有关它和作者的研究，有人甚至想出高价买他的作品。布莱诺维奇把这些成功都看作是对他目前所处的烦躁处境的一种补偿。他已经被对两个女人的爱搞得日渐消沉。而这份本该减弱或熄灭的爱，却越来越强烈，变成了一团乱麻，成了一场灾难。他没有能力作出选择，没有能力放弃任何一方。这种状态，使他对任何一方都无法全身心地投入。马太·帕维尔在信中告诉他的那些问题使他感到很吃惊和忧伤，尤其是这些问题又是那样地非同一般，它们是那样地不同寻常和玄虚。画家承认，他实在是弄不清楚马太·帕维尔到底发生了什么。他请他写信告诉他，仔仔细细地解释给他听。会不会像他所知道的那样，马太·帕维尔的生活已被虚拟世界所控制。如果是这样，那么，他将是他最好的同盟，他将与他并肩作战。他早就坚信，每个人的生命都会受到虚无的骚扰，每个人都必须非常小心地应对。在这点上，人就犹如一个堤坝，暗流日积月累的侵蚀能把它彻底摧毁。我们随时都有被暗流粉碎的危险。在日常生活中，我们似乎忘记了虚无是我们最大的主宰，它掌管一切，而我们，连同我们智慧的光芒，都只是它浩渺无边的海洋中一些可怜的小岛，或犹如无助的老人用脆弱的雨伞抵挡暴风骤雨的袭击。

第九章

马太·帕维尔小心翼翼地把特奥多尔·布莱诺维奇的信折叠好,放到抽屉里。对方那种断然接受另一种现实的态度,以及随时准备投入战斗或者游戏的决心,从精神上极大地鼓舞了他。不是吗?人多力量大嘛。

但是,他现在能做什么呢?球已踢到他这边,接下来他该怎么做呢?就像进入了迷宫,他现在必须往前走,绝不能停下来。具体地说,他必须继续他那篇关于权力和力量的论文,不管怎样,都不能放弃当初定下的、已被他接受的规则。

决定一经做出,这位远离家乡的布加勒斯特人便断绝了与外界的所有联系,以少年般的热情,一头扎进了书堆里,倾心研究起历史上的权力争斗。从大清早到深夜,他只做一件事,那就是看书和做笔记。他在厚厚的一摞摞纸上写下密密麻麻的笔记,虽然字迹潦草,但不乏热情:美索不达米亚;底格里斯河和幼发拉底河;城市国家;乌玛;乌尔;陶土镰刀;陶轮和制陶坯的转轮;乌尔纳姆国王的法典;楔形文字;《吉尔伽美什》史诗;神坛;城市国家间的战争;苏美尔王国被阿卡德人征服;埃及;法老;拉姆西斯;神甫的权力;金字塔;象形文字;人类的力量在各个时期得以维持,构成的最高力量;在艰难时刻所祈求的神的力量;埃及在夺取了非洲和亚洲的大片领土后建立了帝国;扩张后的尼布甲尼撒二世的衰败;被征服的民众起义;亚述王国的瓦解;亚述首都尼尼微被波斯人摧毁;大流士;大帝国;(古波斯帝国省总督管辖的)省;坚实的道路;君主之道;金币；又是同样的结局；内部的衰落，征服者被征服；胜利者被战胜；被谁战胜？被马其顿人，被亚历山大；古希腊的城市国家；古希腊城市国家的执政官；雅典的最高法院；梭伦的改革；僭主政治；斯巴达；霸权；城市广场；伯罗奔尼撒战争；亚西比德；马其顿国王；飞利浦二世；马其顿方阵；亚历山大远征；亚历山大政权；古代最辉煌的国家——罗马的出现；罗马的君主政体；七位传奇君王，从罗马城的奠基人罗穆卢斯到塔昆纽斯·修珀耳布斯；公元前五○九年，在驱走了伊特拉斯坎人和废除君主制后，罗马成了一个由行政长官、元老院和公民大会掌管政权的共和政体，罗马的发展得益于其改良主义的治国方针；值得研究的是罗马社会所奉行的理念——屈从于法律、简朴的生活，尊重传统；治理和权利，或者说良好的组织；完美几何化的公共生活，这种几何化带来的是权力；还有军队、军团和步兵大队、纪律、军事技术的革新；征服意大利；布匿战争；控制地中海；提贝里乌斯·格拉古和他兄弟盖乌斯的改革，最后两兄弟都被杀害；值得一提的是，帝国在不断地向非洲、亚洲和欧洲扩张，高卢成了罗马的一个省；在巴尔干半岛，罗马人一直到达了多瑙河，后来出现了共和制度的危机；第一个"三头同盟"：恺撒、庞培和克拉苏，恺撒想成为罗马唯一的统治者，被元老院暗杀；"后三头同盟"：雷必达、屋大维和安东尼；这三位争吵不休、相互为敌；每次都是一样的经过，同样的结局；屋大维掌控政权，成为元首，被授予"奥古斯都"荣誉；他的近身卫队；大法官；"罗马和平"（原文为斜体）；黄金时代；古代最强盛的国家；尊重法律；法学；通用拉丁语；道路；引水渠；高架桥；公共浴室；寺院；圆形阶梯剧场；图书馆；增长期后的回落；经济危机和货币危机；通货膨胀；经济农村化；社会危机和公民的贫困；苛捐杂税；土地租佃形式的发展；雇主的出现；军事危机；蛮族人混进军队；松懈的纪律；无政府状态；被迫放弃一些省份，特别是，最大的危险来自那些不断攻打帝国边境的异族；哥特人、法兰克人、汪达尔人、东哥特人；值得一提的是，戴克里先国王结束了无政府状态，建立了国王拥有至高无上的权力的治国体制，他是统治者，是神；通常人们在达到顶峰时就想逃避社会的等级而拜倒在神的衣摆下。

马太·帕维尔如此充满热情地潜心钻研历史使斯特内斯库太太感到疲乏和沮丧。为了不打扰他，她不得不蹑手蹑脚地在屋里走动。尤其让她不能忍受的是她已完全失业。原本就是马太·帕维尔的粗茶淡饭而没有任何展示其高超厨艺的机会，现在的情况更糟，简直是到了最高警戒的地步——马太·帕维尔连食物都不碰了。

科斯泰尔也不喜欢这种状态。他只得无所事事地面带讥讽的微笑，一瘸一拐地来回转悠。但与斯特内斯库太太不同的是，他并不是被动地等待，他每天都在想法子把马太·帕维尔从这种书本的禁锢中解脱出来，因为这已经把他变成了一个无用的人。真是功夫不负有心人，科斯泰尔终于想出了一个法子：他找到弗拉蒂米尔·杜米内亚，殷勤地问他想不想去维丁游玩一天，因为马太·帕维尔很想去看看位于多瑙河对岸的保加利亚。工程师很快接受了这个建议。于是，狡猾的科斯泰尔又把这个短暂的去河对岸游玩的计划，作为弗拉蒂米尔先生的提议，转告了马太·帕维尔。马太·帕维尔自然也欣然接受了邀请，在他看来，陪同杜米内亚一起去游玩一定会很惬意。这样，马太·帕维尔终于走出了书的禁锢，结束了离奇的经历，回归到了人们所认为的正常生活。

就在他们出发的那天，天气突然变坏。天空乌云密布，虽值盛夏却刮起了刺骨的寒风并夹杂着冰冷的雨点，如同十一月底的天气。但是，他们没有因此改变原先的计划。既然定好了日子，就一定要去。尤其是弗拉蒂米尔·杜米内亚还有从克拉约瓦过来的一位熟人陪同一起去。而这人又是个酷爱游玩的主。他与他在维丁的朋友，一个生意上的合作伙伴联系好了，在保加利亚那边的码头等他们，还安排好了在那里的活动项目。

早上九点,他们就到了海关。弗拉蒂米尔·杜米内亚给马太·帕维尔介绍了他从克拉约瓦赶过来的朋友。这人叫丹,不到四十岁。马太·帕维尔搞不清他和工程师的关系,是真正的朋友还是只在生意上有一些来往。这是个风度翩翩,看上去很有钱的人,中等个,敦实,留着寸头,像一个刚退役不久的运动员。他开朗,洒脱,目光专注,举止有度,嘴角总是挂着微笑。一见到他们,他赶忙迎上去说,到了维丁他们两个便是他的客人。在遭到弗拉蒂米尔·杜米内亚抗议后,他辩解道,他从来没有想过别的可能,如果拒绝他,那他就不去了,能接待他们是他的荣幸,他刚刚做成了一笔买卖……

十点左右,他们就搭乘一艘旧船过了多瑙河。船的甲板上挤满了从各个地方赶往保加利亚采购的人,因为那里商品的价格比他们国内的要低些。他们想买回国内销售,尽管挣得不多,但总还能维持一下他们的生活。他们三个却是受到特别的优待:那位船长跟杜米内亚工程师很熟,他把他们请到挂有帷幔和放着略有磨损的蓝色沙发的小客厅,用咖啡、烟、可乐和威士忌招待他们。这位海员脑子很活,曾受雇于维也纳的一家河运公司。回来后什么都干,他向他们抱怨,干点事太难了。大部分人都很穷,为挣些小钱倒运东西,而一个倒腾纸板的百万或亿万富翁接手渡船生意,托关系走后门,轻而易举地买下了渡船,在多瑙河上搞摆渡,挣的钱多了去了。灾难啊!到处都是腐败和外行,愚蠢,或者说恶意……

马太·帕维尔像听童话一般听着他的述说,海员讲述的那些异乎寻常的事情根本没有触及到他的内心。奇怪的是,他感觉良好,有些轻飘飘,或许是威士忌的作用吧,因为他最近都没有喝过酒,所以酒精的力量变强了。他这次出来作短暂游玩就是想让自己开心。他也确实很开心。走之前,那个阿谀奉承且难缠的科斯泰尔为他准备了一种巴尔干式的庆典,向他灌输了娱乐的思想。"马太先生,对不起,"他以一种充满敌意的谨慎说道,"您就像一个僧侣那样活着。您应该去享受生活。你为什么这么封闭，活得这么没滋没味？真的，相信我，在您还健康，还有力气的时候，真不应该虚度这些美好的时光。它们不会再回来。别浪费了。没有人能长生不老。赋予我们一次的东西，不会再给我们第二次。"

有一段时间，马太·帕维尔根本就没在听，他只听见嗡嗡的声音，全然不知船长说的什么。他的注意力被别的东西吸引了。他看着雨点打在船舱的玻璃窗上，看着深褐色的河水在微风下泛起层层湍急的细浪。辽阔、清纯的水面，披上绿装的河岸以及秋天阴郁的天空令他激动无比。这盛夏季节出现的秋天般的早晨、多瑙河上的畅游以及这里的景色对他有着一种催眠的作用，他就像是服用了硝基安定，进入了梦游状态。

不一会儿，他们来到甲板上，船很快就要靠近保加利亚侧的岸边。正当他们的客船行将靠岸时，一艘满载卡车和其他各类车辆的渡船正驶离码头。这艘庞大的渡船像条古老而腐朽的雷龙与他们的船擦肩而过，缓慢地朝相反方向驶去。

突然，马太·帕维尔看到在渡船的最上层，盘腿坐着一个人。此人目光痴呆，全然不顾风雨吹打在脸上。马太·帕维尔惊奇地发现，这个人就是伊韦斯，在海尔库拉内遇见的那个弹里拉琴的。马太·帕维尔非常惊诧，好像是看见了幽灵：他来这里干什么？马太·帕维尔大声喊他。但是，因为机器的轰鸣声太响，加上距离又远，对方没听见他的喊声。在随行人诧异的目光下，马太·帕维尔只简单地说了句："我好像看见了一位熟人。"

在船长的护送下，他们第一批上了岸。一踏上码头，他们就发现雨已经停止，天气好像也没那么冷。过境手续办得很顺利，那个保加利亚人把车停在关口外等着他们。他用过时的蹩脚罗语自我介绍说，他叫彼得。

"其实，彼得是罗马尼亚人。按这里的人的说法，他是瓦拉希亚人……"丹一边介绍一边上前与他拥抱，"呵呵，我和彼得做过不错的生意。"

彼得微笑着点点头。他再一次询问他们来维丁的目的。

"彼得，你怎么还问?!"丹又重复了一遍在电话里说过的话，因为就在那个上午，他给他打了两次电话，一次在罗马尼亚那边，另一次是在船上，以确认保加利亚人会去接他们，并安排好相关活动，"我的朋友们想参观一下你的城市，他们听说这个城市很不错。我们所有的人都希望能在这里度过愉快的一天，像孩子一样痛快地玩上一天，看看这里有什么好吃好喝的……"

马太·帕维尔发现丹的某些习性很不讨人喜欢：虽然给人的第一印象是举止文明，但在不能自控时却表现出了粗鲁和好斗的一面。但是，马太·帕维尔告诫自己，也许是他弄错了，或许是他疑心太重了，不管怎么说他到这里来是为了散心，就像科斯泰尔说的那样，是来品味转瞬即逝的人生里那些美好时光的，因此没必要太在意这个丹，太在意那些小节。

"明白了，快上车吧，哥儿们。"彼得打开他那辆崭新的白色大众车的车门，招呼他们三个上车。

他把他们带到了市中心。他们走进了一个市场，那里的商品琳琅满目，应有尽有：青菜、橙子、香蕉、菠萝、白酒、香肠、奶酪及各类奶制品，电子产品、服装、咖啡、化妆品、卫生洁具、被子。里面一片繁忙景象，但是很整洁，没有对岸他们所熟悉的那种拥挤和吵闹。隔两三步就有个带吧台的小吃店，几张放在露天的桌子和一个烤架，上面烤着各种食物，飘散出诱人的香味。彼得找了一张空桌子，让他们坐下，问也不问便去点菜。一个肤色黝黑的姑娘先给他们端来了四杯白酒和乳酪馅饼。

一开始，马太·帕维尔对在这种市场里的小吃店里喝白酒、吃馅饼表现出了明显的不信任。等品尝后，他不得不承认这样的安排是再好不过了，白酒和馅饼都无可挑剔。冷菜和开胃酒过后，上来了两大盘烤肉：脱骨鸡腿、香肠串，接着是烤丸子和当地的一种小肉肠，比他们所熟知的小肉肠更鲜美、多汁、甜润。他们要了啤酒,最后,还喝了一杯浓浓的咖啡。马太·帕维尔那天客随主便,毫无节制地放纵了一天,以前他可都回避这些的。

从市场,他们步行穿过了市中心。这时,天空已经放晴,他们每个人都情绪高昂,兴奋得都快找不着北了。他们走在熙熙攘攘的步行街上,街两边有许多咖啡店,门外摆放着桌椅,坐满了人。这里的居民还保持着巴尔干半岛人的习惯,人们悠闲地一边品味着香浓的咖啡,一边谈天说地。丹和维丁的保加利亚人无暇顾及身边的一切,急匆匆地走着,热烈地谈论着他们的生意。马太·帕维尔和工程师走在后面。帕维尔向工程师袒露了他对这里的居民能如此文明、宁静地生活的诧异。

他们走进一个公园,沿着宽宽的林阴道,来到了河边:港务大楼(是六十年代在"兄弟国家"到处可见的苏式风格),几艘停靠在岸边的客船,一条长长的海边甬道沿着海滩向前延伸。站在码头上,视野变得更加开阔,罗马尼亚那边高耸的河岸尽收眼底,卡拉法特忧郁地展示着它的老塔楼、红瓦房子和码头上的几辆大吊车。他们还发现了一个奇怪的现象:以河中心为界,罗马尼亚那边的天色阴沉,而这边晴空一片,就像是用刷子画了一道线。

"卡拉法特那边在下雨。"弗拉蒂米尔·杜米内亚惊叹道。

"行了,别发诗兴了。"丹以绵羊的现实主义做派中止了他们的亢奋,"彼得邀请我们去参观他的点心罐头厂,然后再到一家像样的饭馆,好好喝点……"

工厂很现代化,是用欧共体的资金建造的。彼得对自己的成就很自豪,非常仔细地向他们介绍着所有的一切。马太·帕维尔索然地听着,极力掩饰着自己的心不在焉。他看着新的镀镍设备以及传送带上均匀地转动着的一个个罐头,就像是看着奇形怪状的纸莎草。

其实,他不是唯一对这些技术上的讲解不感兴趣的人。在他旁边的丹,不时地变换着两脚的站立姿势,显得非常不耐烦,看得出心思完全不在这里（这有点出乎意料，因为他自称是专家和有成就的企业家）。

"彼得，简短一点，肉排都快凉了。"丹终于耐不住了。

工厂的老板不无遗憾地停了下来，说遗憾，其一是因为他没能向他们展示全部的家当，其二是这个丹还是那样地不正经……"不正经，但是很可爱。不管怎么说，他是我的朋友，我们一起做过很好的生意，这是主要的。"瓦拉希亚人这么想着，便按照客人的要求，把他们三个领到一家个体饭店。这家饭店立刻引起了丹的兴趣。

这是个很私密的地方，位于河边的柳树林丛中。饭店的老板满脸堆笑，恭恭敬敬地在门口迎接他们。

"彼得，我们来过这里。那次玩得非常开心，有漂亮的姑娘和茨冈人的乐队。"丹很开心地认出了这个地方，迈着坚定和自信的步子走进了为他们预留的包间。

包间很干净，大大的落地窗外是个离水面很近的平台，中间椭圆形的桌子上摆放好了餐具，边上有个放满冰块和酒瓶的木桶。

"太棒了！"丹发表着意见，全然是这个团体的头目。

他们入席就座（丹大声嚷嚷着要坐在面对多瑙河的那个中间位置）。不一会儿，一位上了年纪的服务员带着两个小姑娘来到桌边为他们点菜。丹马上磁铁般地被那两个小姑娘吸引住；彼得好像跟她们很熟。

桌子上很快摆满了盘子：各种色拉、炸奶酪、各类精细的肉制品、奶油烤蘑菇、威士忌皇家礼炮（一切都是按照丹的标准点的，彼得只是小声地附和着"要最贵的"）、芬兰伏特加冰块、冰镇矿泉水。丹显得胃口极佳，彼得也不示弱，就像是丹的复制品，只是略显苍白了点。工程师保持着沉稳，既不表现出对食物和酒的热情，也不带蔑视。当品尝到美味时，他会会心地一笑。而马太·帕维尔好像两边都想顾全：既想与丹他们吵吵嚷嚷、毫不优雅、几乎是粗俗的行为保持一定的距离，又有点沉溺于这样的消遣中。

克拉约瓦的生意人好像饥渴无比，而且还遵循一条奇怪的规律：吃喝得越多，胃里越空荡。他就像是在做广告片或者电影特写里那样狼吞虎咽着，还把瓦拉希亚人也带入了这种无节制的暴饮暴食中。而那位也确实像一条忠实的哈巴狗学着他的样。

冷盘和开胃酒过后，上来了汤。丹津津有味地喝了一碗肚子汤，觉得还不够，又要了一碗奶油丸子汤。

接下来是葡萄酒。喝完法国红葡萄酒后，又续上了保加利亚南部生产的干白。第一轮酒被一饮而尽，就像洒在滚烫的沙漠中的一滴水。丹犹如一名无与伦比的与干渴竞赛的运动员，继续领跑，紧随其后的是同样为纪录保持者的彼得，只是他拥有另一种风格，不那么锋芒毕露，有一点像乏味而不知疲倦的啮齿动物。

随着一杯杯酒下肚，丹越来越不加掩饰：他毫无顾忌地谈论着他那些并不干净的生意以及他的那些风流韵事，有的就发生在这里。他充满激情地讲述着，有一次如何从克拉约瓦邀请了二十来个生意上的伙伴来维丁狂欢。那次他都惊呆了，真是太棒了。午夜后他也脱光了衣服，到台上和赤裸的芭蕾舞演员一起跳舞。他一边讲述着，一边浪荡地大笑，随即又给自己满上一杯。他不喜欢已经变热了的葡萄酒，便让彼得叫来一位姑娘给他换一瓶凉的。

女招待给他拿来了一瓶凉的。一起过来的还有四五位端着托盘的服务生。盘子里装满鲈鱼、虹鳟鱼加柠檬和土豆、填满油脂的火鸡胸脯、烤牛排、奶油猪肘子和红尖椒。见到如此奢华的食物，丹就像见到了一个惊艳无比的女人一样欣喜若狂地欢呼起来。他从兜里掏出一叠皱皱巴巴的二十和五十马克的纸币，抛给招待员，也没看看到底给了谁，给了多少。他掐捏着姑娘们的屁股和胸部（她们，因为他绅士般给的钱而愉快地顺从了），让她们给满上酒，一口喝干，接着像一个刚刚结束了绝食的人一样，贪婪地吃了起来。老板为了让一切更加完美，叫来了一个吉卜赛人的小乐队。气氛到了白热化程度。丹和那个肤色黝黑、体态丰满的女歌手一起又唱又跳。当然，他又毫无节制地扔给那些乐师无数的钱。

　　对丹和他维丁的合作伙伴来说，时间过得很快，对马太·帕维尔来说也还可以接受，而对弗拉蒂米尔·杜米内亚来说，时间过得很慢。当夜幕降临时，他们离开了饭店。丹支付了所有的花费。大家像簇拥着凯旋的苏丹王似地簇拥着丹。马太·帕维尔心想，吃喝了这么多，丹居然显得惊人地清醒。

　　他们上了彼得的车。尽管喝了不少，彼得还是准备自己开车。工程师温柔而低声地建议去码头，因为当天最后一班渡船马上就到点，否则就得等第二天了。丹和他的追随者彼得都没把弗拉蒂米尔·杜米内亚的建议当回事。两个人诡秘地笑着，好像计划中还有不能错过的特别活动。

　　果然，车在市中心一条街上的一幢同样普通的楼前停了下来。只有停放在那里的各式高档小车告诉人们，这里是个不同寻常的地方。他们走了进去，里面是一条狭窄的通道，一根路灯柱散发出昏暗的光线，使那里的一切变得更加混浊不清。最后他们来到了所谓的大厅。马太·帕维尔悄悄地和他的朋友弗拉蒂米尔·杜米内亚说，丹还没有尽兴，又把他们带到了一个酒吧，或许还带脱衣舞表演。现在的丹，没有比看那些姑娘不知羞耻地一件件脱去衣服、摆出一个个淫荡的动作更感兴趣的了。

　　在这里，他们也受到了主人般的待遇。一个穿着泳装的姑娘微笑着，像和熟人一样和彼得打招呼，并把他们安排在靠近舞台最好的桌子旁。丹对这种待遇非常满意，随手把一张二十马克的票子塞在了姑娘的胸罩里。

　　"彼得，你会保加利亚语，先要点威士忌、冰块和冰香槟吧。"

　　这时，一种很特别的音乐响起。随着聚光灯，舞台上出现了两位标致的姑娘。一位披着金黄色的头发，另一位一头黑发。她们各具魅力，但是放到一起真是完美无瑕。她们披着透明的纱裙，没跳几步，她们便脱去纱裙，只穿比基尼，细细的绳子刚好勒住股沟。她们跳着钢管舞，表现出孤独、渴望和期待。

"哇，噻！彼得，这是我喜欢的生活！那个黑头发的是个半大姑娘，刚入道，而那个金发的，非常棒，是个职业高手。"

舞蹈结束后，丹就站了起来，热烈地拍打着手掌，还吹起口哨，以表达他的热衷。

姑娘们走下舞台，来到顾客当中。因为他们那桌是最热烈的，所以她们就走到了他们身边。彼得邀请她们坐下，她们也就很自然地照办了。丹拉开她们裤子上的松紧带，塞给她们每人五十马克。

"彼得，告诉那个金发姑娘，我非常喜欢她，想要她，你问问她要多少钱。"

"亲爱的，干吗要他跟我说呢？你可以直接跟我说啊。"金发姑娘用罗语说道。

彼得乐了。

"知道吗？丹，这是我今天给你和你们所有人的一大惊喜。姑娘们是罗马尼亚人，从罗马尼亚过来的。"

"哇，天哪，宝贝的罗马尼亚姑娘，我们就这样在这里和自己的同胞见面！"丹惊诧地叫道，似乎因为这新的发现变得更加兴奋。

黑发姑娘说她来自瓦斯卢伊，今年十八岁，是第一次到国外。而那个金发姑娘以前在意大利和希腊干过，已经二十多岁了，现在正考虑歇业。她攒钱想在克拉约瓦开一个小商店，因为她是克拉约瓦人。她对丹有点面熟。金发姑娘饥渴地喝着香槟，一根接一根地抽着烟，任凭丹在她身上到处乱摸。这位先捏住姑娘的奶头，然后手掌顺着她诱人的屁股，伸到前面，轻轻掰开她的双腿，用手指匆忙地寻找那块湿热的地方。

"嗨，我的姑娘，你太棒了，我都快疯了。我可以给你想要的一切，只要你能是我的，成为我的私有财产，来吮吸我，你很在行。我是克拉约瓦的老板，我有钱，我雇你来吮吸我。"

对他的建议，金发姑娘一点也没有表现出吃惊。

"我遇到过别的老板。你认识斯特莫太斯库吧?那个酒鬼,亿万富翁。克拉约瓦人都知道他。我在克拉约瓦的'米拉齐'跳舞时,他也像你一样,对我着了迷。有一天晚上,他喝醉了,跟我一番甜言蜜语,还悄悄地跟我说要雇用我,让我做他的情人。但是我拒绝了他,因为那时我还年轻,也很傻。但是,现在我不拒绝你。不过得过两个月后。现在我跟保加利亚人有合同,不能走。两个月以后我就自由了。我们拉钩。"

这个提议好像并没有让这位克拉约瓦的生意人满意。他想在那一刻就要她,甚至愿意为此给酒吧的老板一些补偿,晚一刻都不行。但是,她还是坚持要两个月后,等她结束了这里的工作。为了证明他的诚意,丹决定先给她一笔预付款,一张一百马克的小票。当然他并不想送钱给她,而是要把钱贴在她的屁股上,这是他的一个小怪癖。但是,尽管他用口水湿了很多次,钱还是贴不上去。黑发姑娘在一旁失落而嫉妒地观察着这一切。她粘着彼得,跟他撒娇。但是,彼得既没有丹那么大方,也没有丹那种对性的渴求。

大厅里响起了铃声,招呼姑娘们回到台上,开始新一轮的表演。这次表演的是女性同性恋间的一些挑逗性场景。

保加利亚的瓦拉希亚人醉醺醺、饶有兴致地观看她们的表演,嘴里还不停地嘟嘟囔囔。然后开始低着头轻声地与不知什么人争议着,还时不时抬起头,温柔和饶有兴趣地微笑着,看着台上赤身裸体表演的姑娘们。工程师弗拉蒂米尔·杜米内亚以宽容和保留的心态看待表演,他是唯一一个在这漫长的一天中始终保持沉稳的人。他人在心不在,没有把自己的喜好强加于他人,没有去评判他人。与他不同,马太·帕维尔比较投入,喝得也有点过。他有一种奇怪的感觉,似乎对自己的举止失去了控制能力,他发现这些姑娘在引诱他,挑逗他。作为一个男人,他有点难以抵抗。他局促不安地对自己说,不应该这样。他发现这些姑娘的灵魂和肉体之间有一道鸿沟。她们的存在与否对他来说无关紧要,但是她们的身体,她们的肉体给了作为男人的他太多的信号，刺激着他，使他焦虑不安。

他们中最高兴的是丹。他表现得一览无余，丝毫没有疲惫和醉意。对他来说，这一天就像是在天堂里度过。美食和美酒应有尽有，还有漂亮绝顶和经验老到的女人。（当他站起来随着音乐和姑娘们一起跳舞时）他还清晰地大声表述了他一直遵循的格言：

"在我们这里，在东方之门，我们信仰吃饱肚子，尽情享乐。为了这些快乐付出任何代价都值得！"

同时，他又以绝对主人的架势把德意志银行发行的钞票大把地抛向舞女、招待和吧台招待。

自然，克拉约瓦的生意人马上便身无分文了。他气恼地搜遍所有的口袋，把口袋翻过来也没再找到一个子儿。有那么一秒钟，他显得有些尴尬，但马上挥挥手，意思是说这没什么。但私下里，他悄悄地向马太·帕维尔借了一百马克付了最后要的咖啡和一瓶价格不菲的加了桃子香料的红酒。

虽然整个晚上，丹都给人一种印象，要到饭店里去开个房间继续狂欢，但是，在酒吧关门时，烂醉如泥的他乖乖地和姑娘们道了别（她们就像在关键时刻电影被剪断了似的，明显对这么结束有点失望），并对他的朋友说：

"彼得，快带我们去码头，还赶得上。"

彼得虽然也喝得醉醺醺的，但还是坐到了驾驶室里，凭着本能慢慢驾着车在空旷的马路上行驶，全然不知要开往哪里。

在车上，丹口齿不清地高谈阔论着，并责怪着弗拉蒂米尔·杜米内亚和马太·帕维尔：

"工程师先生，真没想到，您这么害羞，真的，像个寄宿学校里的女孩子，真的。还有您，马太先生，既不近女色又不好吃，还不喝酒……可惜啊，要知道这才是真实的生活。"

他们像幽灵似的过了海关，一样不省人事的彼得陪着他们。这时已是午夜两点。在保加利亚海关人员的眼里，他们是一帮头脑不清醒的酒鬼，只有疯子和酒鬼才会在这个时间过海关，因为渡船要早上才开。

等待渡船的车辆在黑暗中望不到边。他们沿着这些车朝码头走去。那是八月底，卡拉法特的坏天气也影响到了这里，天下起了毛毛细雨。他们没有地方躲雨。到了码头后，彼得和丹找来了几个大的硬纸板箱，拆开后铺在湿湿的水泥地上，不管三七二十一就躺下了，没一会儿，他们就打起了呼噜。

马太·帕维尔和工程师保持着清醒。他们筋疲力尽地站着，忍受着这无尽的蒙蒙细雨。他们把它看作是对他们决定来维丁与克拉约瓦的生意人和他的合作伙伴一起游玩一天的一种赎罪。

"马太先生，真对不起，没想到会是这个样子。"弗拉蒂米尔·杜米内亚这样为他们的这一天做总结，"您知道，我不喜欢这样，但也不在意。就像我不喜欢紫色，喜欢绿色，但这并不意味着我要把紫色从光谱中去掉。今天只是紫色的一天。自从我从死亡线上逃脱后，我学会了不拒绝任何事物，不评判任何人。"

马太·帕维尔不知道如何应答。他开始从酒精中清醒过来，感到头昏脑胀。他奇怪自己怎么就那么脆弱，那么不坚定。昨晚，那个瓦斯卢伊的小姑娘看到她的同伴在大方的生意人那里获得成功，也不甘示弱，便向彼得和他发起了攻势：当她裸露着坐到他的腿上，并很熟练地在他身上摩擦时，他就像个少年，差一点射精。事实证明，他完全控制不了自己的身体，更何况驾驭现实。力量？权力？他永远也没有能力理解和描述力量，他永远也成不了力量的绘制者。

他的头疼还没有减弱，一个念头又钻了进来：伊韦斯来过这里，到过卡拉法特。而他，因为这个毫无意义的出游，错过了与法国人见面的机会。或许拉里拉的人找过他，但没找到他，现在不知去了哪里。

渡船终于出现了。弗拉蒂米尔·杜米内亚叫醒了两位同伴。这些生意上的成功人士，现在看起来就像是搬运工人，完全没有了前一天早上引人注目的潇洒和神气：他们浑身湿透，胡子拉碴，皱皱巴巴的衣服上沾满了泥浆。

在露天睡了一觉后，彼得清醒过来。他惊奇地问他怎么会在那里。弗拉蒂米尔·杜米内亚告诉他，是他和丹决定要到克拉约瓦继续游玩。维丁的瓦拉希亚人坚定地否定了这种可能，抱歉地说，他还有很急的事情需要处理，便留在了码头上。其他三人上了船。丹还是昏昏沉沉的，他又向马太·帕维尔借了五马克，以支付船票，说到了罗马尼亚那边一定还给他。

多瑙河河水清澈，平静。清晨的天气晴朗凉爽。渡船缓缓地前行着，像只巨大的鸟在睡梦中滑行。对面从罗马尼亚港口开来了一艘客船。马太·帕维尔站在停满盖着黄色和蓝色帆布的卡车的铁甲板上看着那艘悬挂罗马尼亚国旗的轮船慢慢靠近。船上全是去保加利亚做小生意的人。

当那艘客船和他们的船靠近时，马太·帕维尔又惊讶地发现了那个弹里拉琴的法国人。他盘腿而坐，全然不顾周围的喧闹。

"伊韦斯！"前政府官员兴奋地喊了一声。

这次，他还是没有听见，也没有看见他。

布加勒斯特人显而易见的激动举止和声音引起了弗拉蒂米尔·杜米内亚的注意。

"谁啊？"他问道。

"偶然认识的人，一位传奇般的人物。真是不巧，我没能和他见一面。我们走时，他坐船到了卡拉法特，现在我们回来了，他又走了。"马太·帕维尔解释道，"我特别希望您能认识他，杜米内亚先生。我敢保证，您一定和我一样会喜欢他的。怎么说呢？他这个人，走到哪里，世界的中心就移到哪里。"

"以中心这个概念来看待、形容一个人的确很有意思。如果允许一点自恋，我想借用这个概念。对于我来说，世界的中心只有一个，那就是这里，我盖了房子的地方，您认识我的地方。多瑙河边的沟壑、森林，对于我来说，就是世界的中心。"

"但是，对我来说，世界的中心，就是没有我的那个地方。"马太·帕维尔苦笑着说道，在"没有"这个词上加重了语气，"我的'天赋'，当然是加了引号的，是总把自己放在边缘，放在世界的尽头。实际上，我一直这么认为，慢慢地，我就变成了现在这个样子。"

工程师也笑了，但是他的微笑含有另一层意思，带着一丝怀念。

客船越走越远，变成了玩具一般大小，而他们的船也准备靠岸。

第十章

在维丁度过的那鲁莽的一天使马太·帕维尔对诸如充实地生活，不要虚度光阴，尽享人间的快乐等人生哲学感到厌倦。他又回到了以往那种很适合他的生活节奏：独自散步，看书，写作，粗茶淡饭，每天的日程很有规律，超脱但又不与世隔绝。

他确信，这样的生活既不会让他变得更灵活，也不会让他在写作上变得更加有灵感，但是，他希望拥有这样的生理、心理和精神状态，以顺利完成他的论文，真实地反映他的才能。他决定最大限度地发挥自己的创造力。这听起来有些自负，但是，他告诉自己他应该有这种创造力，因为每个人都有，只是有的被埋没了。现在他要挖掘它，把它找回来。

马太·帕维尔的这些积极想法，与九月初在头脑中产生的、后来变得越发强烈，以至于控制了他整个身心的想法一并存在着。那已经是以前的想法了，即他来到了一个与人们熟知的、在收到乌尔姆的来信以前生活的那个世界平行的世界。现在他被封闭在这个新的世界里，无法回到原来的世界。打给布加勒斯特的电话无人接听，所有的信件都被退回，这一切都证明，他没错，这两个世界已经失去了联络。而他还在极力寻找回到失去的那个世界的方式。

有一天晚上，他松了口气，惊叹了一声"太妙了！"就像一个大发明家，发现了一个了不起的东西：他可以通过回忆回到原来的世界。回忆是他自己的，谁也没法拿走。这些回忆将把他和过去的世界连在一起。

于是，他每天傍晚都要留出几个小时来回忆过去，回忆他过去的一切。

可是不久他发现自己的记忆越来越模糊不清。他的回忆眼看着变得越来越差，他越是努力回忆，记忆便越模糊，就像隔着一片无边无际的雾。

这一现象进展得很快。为了不忘记，马太·帕维尔只得把事情和人名写在纸上，第二天继续回忆。后来，他发现前一天晚上写在纸上的那些名字，比如伊利娜、索妮娅或杜贝克，到了第二天就不知道他们都是谁了。这些字在他眼前犹如不可穿透的大冰块和关闭了百叶窗的冰冷的石屋。这时他明白他被击败了，成了不能面对过去的雅努斯①。留给他的只有当下和向前走，然而向前走会不会徒劳呢？他把这一切看作是一个明确的信号，那就是，在这两个世界之间已经垒起了一堵铅墙。现在，他只能接受这第二个世界，包括它所有的陷阱和黑洞，再作任何逃跑的企图已没有意义，即便是以回忆的方式。

"很明显，我变成了一辆没有倒车挡的汽车，只能向前。但是如果地球是圆的，总有一天我能回到起点。"马太·帕维尔这样想着。

他一再问自己，接下来该怎么办。其实他知道该怎么做，但是拒绝接受这样的答案，因为他还没有准备好，他害怕由此产生的后果。

---

① 雅努斯：罗马最古老的神之一。

第十一章

九月初,连绵不断的细雨给小城蒙上了一丝阴郁。坏天气让人们不知不觉地产生了无尽的忧伤和凄凉。

为了驱散笼罩在这个多瑙河港口、像一种具有潜伏性的病毒传染给每个人的焦虑情绪,几天来,马太·帕维尔一直在阅读法国历史,为有关拿破仑和黎塞留的章节作概要。他对他们如何掌握权力很感兴趣。也许黎塞留是第一个利用他所雇用的讽刺小品作家们,攻击和诋毁那些部长和元帅,包括他的保护人,使他们名誉扫地,最终达到取而代之的目的……

一天,当马太·帕维尔正要合上那本蓝色的、纸质很差的书时,门铃响了。正好科斯泰尔和那个絮絮叨叨、令人厌烦的女佣又都不在家,他便自己去打开门。

当他看到来访者是弗拉蒂米尔·杜米内亚时,并不感到吃惊,而是非常高兴。他没开车,是走着来的,撑着一把黑色的大雨伞。

"这雨把人的心都淋透了。"工程师用他平稳的语调说道,"没打扰您吧?"

"什么话,快请进。"

客人抖了抖伞上和衣服上的雨水,进了门。

那天晚上和朋友分手后,马太·帕维尔试图回味此次见面。工程师为什么来看他?或许原因不止一个。他是来帮他解决他目前所处的复杂处境的,所以,一开始他就对前政府官员说:

"马太先生,我一直在考虑您那位神秘伯父和留给您的那笔蹊跷的遗产。我想找到一个办法。我的意见是,您应该马上去一趟德国,只有这样,您才有机会解开这个疑团。"

弗拉蒂米尔·杜米内亚给他的这个答案,也正是他自己为"接下来该怎么办"找到的答案。但是他害怕把这个答案付诸行动。现在听到工程师的想法和他的一样,他受到很大的鼓舞。就在那天晚上,马太·帕维尔制订了一个计划:马上去德国寻找伯父。他不需要和任何人商量这个决定,他准备第二天就开始行动,他将到一个旅行团报名,先拿到签证,然后他将尽快离开,尽快……

再说,工程师在这么个令人沮丧得似乎世界末日就要来临的雨天来看他,或许是来告诉他自他们几个星期前一起到维丁后所发生的一些重要的变化吧。这些变化早已开始,只是现在才显现,变成看得见、无可争议的事实。弗拉蒂米尔·杜米内亚退出了生意场,但继续工作着,只是卖掉了股份及家产,留下了些生活必需品,并把所有的钱都捐给了那个没有完工的修道院的院长。这些决定都是在他夫人安杰拉的鼓动下做出的。他的夫人,一位聪慧、贤良和稳重的女人,坚持过一种有节制的、俭朴的生活。弗拉蒂米尔·杜米内亚能遇上她真是天意。有了他的钱和神父的努力,希望这座半个世纪以来在那里痛苦呻吟,任凭岁月侵蚀的教堂能完工。但是,马太·帕维尔怎么不去那里转转,去看看工程在继续,塔楼神奇般地起来了,已经比树高了。

其实,即使工程师不告诉他这些变化,马太·帕维尔也能轻易地从他的精神状态中发现这种蜕变:他的脸上是一副泰然,眼里是一片清澈。

最后,弗拉蒂米尔·杜米内亚是来和他分享一种信念,一种很有意思的想法。

马太·帕维尔,听说牙周炎了吗?也许听说了。那么知道是怎么回事吗?那是一种牙龈疾病,它能破坏牙床组织。得了这种病的人,最后会失去所有牙齿。最近一段时间,弗拉蒂米尔·杜米内亚发现了许多这样的病例:由他照顾的孤儿院的几个孩子,一些工厂的工人,还有其他一些人,包括丹,都得了这种病。他当然还记得这个克拉约瓦不安分的信奉东正教的生意人,他们都得了牙周炎。最近几个月,得这种病的人急速增加。经过认真思考,他认为这种病将迅速蔓延,得这种病的人将会失去所有的牙齿。这种疾病很难应付,就目前的情况看,它不是一种普通的病,而是带有象征性的病。

但是,那天晚上工程师并没有详细讲述这种带有象征性的病的含义,而马太·帕维尔也没有仔细询问他的看法。他犹犹豫豫地停止了叙述,给人的印象是说得太多了,散布了太多的恐慌,太多的个人观点。他的来访没有带来什么结论性的东西。

关于牙周炎问题,还有几段插曲,其中有一件事让马太·帕维尔哑口无言,使他不得不重视起来。

前政府官员接到了他在佛尔谢特的朋友寄来的信。

画家像一位职业的评述家,向他讲述了他那充满悬念的感情经历。他是这样写的:

> 我试着记录下了所有的内心活动,我对自己内心的变化感到吃惊,我与埋藏在身体深处的那个我是如此陌生和不同。我决定通过日记记录下所有这些内心的变化,以便不被忘却。关于我生活中的那两个女人,我现在一个都离不开。奇怪的是,在她们面前,我变成不同的人。她们每个人都在影响着我,使我产生某种能量。我被这种强烈的、无法压制的情感控制住了:我被分成两个机体,两个我以独立的、完全不同的面孔生活在这两个女人身边。而作为整体的我,成了这两个独立体几乎不可能的综合体。
>
> 在艺术方面,亲爱的,我想跟您说,成功接连不断,有些夸

张，令人难以置信。我被国内外的奖项所包围，这些荣誉都是我以前连做梦都不敢想的，而现在就像是变魔术似的，很轻易就得到了。我给您看过的那幅画，怎么跟您说呢，也变得很特殊，好像活了。我每天早上看它时，总觉得还需要进行修改，这里加一笔，那里改变一下颜色。不停的修改使它变得越来越厚重，越来越完善，或许它能成为一幅名作。然而，我有一种可怕的疑虑。当我头脑比较清醒的时候（我不知道能不能这样描述我的心态），看着这幅画觉得很陌生，好像不是出自我的手。这是很难描述的奇怪感觉，就像梦见自己掉入了无底的深渊。

但是，最让人担心的是另外一件事：我的牙龈总是出血。我去看了，医生说我得了牙周炎。奇怪的是，后来我的妻子和吉娜也传染上了。牙科大夫不安地告诉我说，最近越来越多的居民患上了牙周炎。

我不知道这将意味着什么。

希望我们不总是碰上倒霉事，还能遇上好运。

您的特奥多尔·布莱诺维奇

看完信，马太·帕维尔把信纸叠好放回信封里。他给弗拉蒂米尔·杜米内亚打了个电话，希望和他见个面，说有重要的事情要告诉他。

半小时后，他们在市中心的纪念碑旁见了面。他们本想在满是古栗树的林阴道上找个椅子坐下，但是，因为几小时前刚刚下过一场大雨，椅子还都是湿的，于是他们就在空无一人的大街上边走边聊。

"您说得对。您看，这是我从塞尔维亚的一位朋友那里收到的信。"马太·帕维尔说着，给工程师看了信中有关牙周炎描述的最后一段，然后问道：

"杜米内亚先生，上星期您到我那里去的那天晚上，您为什么把牙周炎称作象征性的病？"

工程师默默地继续往前走着,像是在斟酌最合适的词来回答这个问题。过了一会儿,他以沉稳的语气说道:

"因为就目前来看,牙周炎并不是一种简单的疾病,而是对我们的惩罚,因为我们太不把自己的身体当回事。我们吃喝玩乐,毫无节制。马太先生,您还记得我们在维丁和那两个喜欢饮酒作乐的低俗朋友一起度过的时光吗?那可是充满堕落的无可救药的享乐主义时光。牙周炎让我们失去牙齿,它是对我们那贪婪的嘴巴的惩罚,是对我们所吃所说的惩罚。就是我们使用的语言也充满了污秽,引发了那么多的坏事。对我来说,这很清楚,我们现在走的路不对,牙周炎,这个从天而降却没有引起重视的惩罚在警示我们。可以这样理解:停下来吧,否则你们会被毁灭的。"

从那一刻起,他们两个成了牙周炎病例的搜索者和收集者。他们寻找、登记新的病例,绘制出了详细的病历图表。严谨的工程师还要尽可能地研究每个病人的生活习惯,希望能找出患病和生活习惯之间的联系。当然,他也去了解丹那喜好饮酒作乐的朋友彼得是否也患上了此病,得到的答复是肯定的。而丹的病情发展得很迅猛。于是,弗拉蒂米尔·杜米内亚和前政府官员证实了他们关于该病的起因和特点的分析完全正确。

有一天,牙周炎突然隐退,和来时一样迅速。

弗拉蒂米尔·杜米内亚松了一口气,总结道:"对于一种象征性的疾病,这样的进展很正常。牙周炎可以看作是一个警告:小心了,这条路通向死亡、毁灭。"

十月初,这个小城脱离了牙周炎的肆虐,雨也停了。不久,马太·帕维尔去了欧洲旅行。他的目的很明确:到乌尔姆,寻找他那神秘的伯父。

第十二章

旅游大巴沿着传统的路线驶往欧洲的心脏：布达佩斯、维也纳、萨尔茨堡、慕尼黑、乌尔姆、斯特拉斯堡、巴黎、卢瓦尔河谷。马太·帕维尔对欧洲的文化古迹并不感兴趣，他在乌尔姆下了车，放弃了最后那段旅行。他跟人家说，自己将坐火车回国。他们并不相信他，并赌咒又多了一个逃亡到西方的人。

前政府官员在一个体面的旅馆住下，开始了仔细的寻找。他买了一张地图（巴登—符腾堡州的这个城市并不大，有十万多居民），找到了瓦尔特·博尔曼律师事务所所在的位置。他在抵达那里的当天下午，就不紧不慢地朝事务所所在地走去。微微的清风里散发着奇怪的桂皮味，天上飘着硕大、美丽的云彩。每次到西方，马太·帕维尔都会有同样的反应，他会被像药店一样整洁的街道、繁华而布局合理的建筑物所倾倒。他会感到拘谨，觉得不自在，就像是一段优美的音乐中冒出的一声尖叫。这次也不例外。

当他找到应该是瓦尔特·博尔曼律师事务所的地址时，遗产继承人惊愕地发现这个事务所所在地只是个不起眼的邮筒。

他对搞清这其中的缘由已不再心存幻想，便回到旅馆，拨打了在国内时就带上的博尔曼的电话。可以想象，另一头响起的是录音电话的声音，用德语让他留言。马太·帕维尔放下电话，在房间里烦躁不安地、不知所措地来回踱步，想给自己找个继续下去的理由。他把自己放倒在那张舒适的大床上，两眼直愣愣地盯着天花板，浆洗过的洁净床单散发出阵阵清香。如果连这条最便捷的、最现实的路都被证明是条死胡同，行不通，那么他的机会便等于零。明天早上，他要到警察局或者市政府去了解卡尔·鲍尔先生的情况。他是今年一月一日去世的，如果真有这么个人，他的一些信息一定会在某个地方或某个电脑里储存着。

如果没有呢？那么所有一切都将结束，马太·帕维尔不再有热情做任何事。这场游戏结束之际或结束以前，他将变成一个没有活力的人，像个玩偶一样，任那个幕后操纵一切的神秘木偶戏演员摆布。

马太·帕维尔发现床头柜上有一本蓝色塑胶封面的《圣经》，德语的，便放到一边。床头柜上还放着一根小小的巧克力棒，紫色的包装纸上写着："*晚安！做个好梦，保持美丽！*"①马太·帕维尔打开包装，很有味道地咀嚼起香香的巧克力，希望这个祝福能成为现实，晚上能睡个好觉，做个好梦，能沉浸在一片美妙的宁静中。

当晚，尽管没睡着，马太·帕维尔仍度过了一个不错的夜晚。他一夜没合眼，反复思量了自从接受遗产这件事以来的几个月里所发生的事情，并认真地思考了可能会发生的情况。早晨起来时，尽管连眼都没合上过，他还是觉得精力充沛。他在卫生间里耗了一个多小时：他用滚烫的热水冲了澡，接着又用凉水冲洗，刮了胡子，仔仔细细地穿戴整齐，去了市政府。

由于日耳曼人的官僚作风和语言上的障碍，他什么事也没办成。费了好大的劲，他才让那些在他看来既愚蠢又极拘泥于形式的官员们明白他到底需要什么，并艰难地填了一份栏目众多的申请表。他们让他过两天再来。

他坐车从市政府回旅馆。那张地图还真管用，所有公交线路都以不同颜色的细线标画得清清楚楚，马太·帕维尔一路很顺利。

他坐在一辆崭新的、没有噪声的公交车里包了砖红色绒布的椅子上，观赏着窗外的景色。城市在每个细节处都彰显着它的繁华。在一

---

① 原文为德语。

个大的十字路口等着过多瑙河桥时,前政府官员的目光被坐在三四十米开外的码头上的一个人吸引住,那个人独自呆呆地坐在那里,弹拨着一个很像里拉琴的旧乐器。

"伊韦斯!"马太·帕维尔跳了起来,他站起来,朝车后门走去。这时灯已变绿,汽车启动,行驶了几百米后才在下一站停下。马太·帕维尔放弃了回旅馆的念头,匆忙下了车。他急跑着回到刚才看到伊韦斯的地方,但是那个流浪的法国人已不见踪影。于是,为了打发时光,前政府官员朝河边走去。那里在一片很大的草坪上有许多露天啤酒店。尽管已经是十月下旬,天气却好得令人难以置信。许多人到这里来就是为了喝一杯啤酒。

马太·帕维尔混杂在人群中,绝望地寻找着伊韦斯。他在心里说,他又一次错过了与他见面的机会。因为他知道,在这样的地方,即使你与某个人约好了见面的时间和地点,也不一定能找得着,更何况像他这样根本不知道这位法国人是否还在或者去了其他什么地方。

很快,他便放弃了寻找,和其他人一样在一张桌子旁坐下来,要了一大扎啤酒和一份面包肉肠。他从容地喝着冰凉的啤酒,出神地看着这些德国人。他们个个红光满面,穿戴整齐,毫不掩饰他们奔放的热情和相互传染的好心情。这些在他的家乡可是从来没见到过的。

一位白胡子、年近七十、略微有些瘸、穿着考究的绿色巴伐利亚西服的先生走近马太·帕维尔。他手里拿着一大杯啤酒,啤酒沫沿着透明的杯壁溢了出来。老人微笑着,很有礼貌地用目光示意马太·帕维尔面前的空位置,慢慢地、清晰地,像是在德语课堂上似的,说道:

"我能坐这个位子吗?"①

"可以,这里没人。"②布加勒斯特人答道。连他自己都感到惊

---

①② 原文为德语。

奇，居然能听懂对方的话，而且回答也是张嘴就来。

老先生很和善，也很健谈。他发现马太·帕维尔说德语很费劲，便问他是不是外国人。遗产继承人承认自己是外国人，但没说是罗马尼亚人。他向新结识的朋友表示可以用法语进行交谈。正好，老人的法语也很好，以至于马太·帕维尔很难猜出他的国籍：他是一个生活在德国的法国人，还是一个生活在法国的德国人？不管怎么说，现在可以用法语进行交谈，感到自在了许多。那种背井离乡、举目无亲的感觉在这位出色的德法朋友的陪伴下慢慢减退。

在老人的坚持下，他们又喝了一杯啤酒。在碰杯声、祝福声和合唱团传统的歌声中，两个人又互相介绍了一番：身着绿色巴伐利亚西服的先生是个检察官，不久便要退休，独居在市中心的一个小套间里；罗马尼亚人也说了自己的烦恼，他说他到这里来是为了了解他一年前去世的伯父的一些情况，但是，因为不懂德语，进展缓慢。热情的检察官说他愿意帮助他：他可以陪他到市政府，给他当翻译。

就在那天离开露天啤酒店后，马太·帕维尔意识到，自己结交了一位特别有用的朋友。这个微微有点瘸，但风度翩翩、彬彬有礼、异常温和、身穿绿色巴伐利亚西服的老先生邀请这个无助的罗马尼亚人一起走走，给他介绍乌尔姆的几个景点。他们爬上了几级台阶，来到了保存完好的乌尔姆旧城区。一条静静的小河（检察官告诉他这条河叫"蓝色河"）流经这里。河面上，栖息着几只天鹅，几座非常浪漫的小桥把开满鲜花的两岸连接起来。这景色犹如一幅田园画，里面的房子就好像是从格林兄弟的书中搬过来的。其中，有一座始建于十五世纪的房子（细心的先生告诉他，它叫"船房"），由于经受百年沧桑，已经倾斜，几乎快要倒入河中。马太·帕维尔饶有兴致地细细观察着，现在这里用作经营当地香水的小店。

然后，他们又来到了一个大广场，那里有一个很大的哥特式大教堂。"这座塔楼高达一百六十一米，为世界第二，仅次于芝加哥的那个塔楼。"乌尔姆的向导向来自东方的新朋友解释道。马太·帕维尔完全被建筑的宏伟气势所折服,想进去看看。那位略微有点瘸的先生更愿意留在外面等着他,因为他太熟悉这一建筑了。趁马太·帕维尔参观教堂之际,他还可以抽根烟。

之后,他们就分了手,约定第二天十一点在教堂前的广场见面。他们将一起去对付乌尔姆官僚们的迂腐,探寻神秘伯父的秘密。

马太·帕维尔心想,这位殷勤的检察官的出现真是一件幸运的事:他给他一种信任和安全;正是这位老先生使他摆脱了背井离乡和孤立无援的感觉。他回到旅馆,把自己关进洁净舒适的房间里。他坚信不会再遇到什么麻烦。

那天晚上,他又继续动笔写他那篇有关权力和力量的论文。他带着手稿来的。文章已经快结尾,但他总感觉还缺少些闪光点,缺少承上启下、能使整篇文章变得鲜活的内容,但却不知道是些什么,只是觉得肯定还需要加点内容,而这些东西呼之欲出,他应该能想出来,只是暂时还未想到。他耐心地等待着,心里充满了希望。他当初是那么犹犹豫豫地开始写这篇论文,他认为自己实在不在行,没有这方面的才能。可现在,令人惊讶的是,他开始对自己的写作充满信心,并期待着自己能成功传递一个重要信息,无论这一信息有多晦涩和稚嫩。

第十三章

上午十一点,马太·帕维尔来到了约定地点。检察官已经到了,在那里来回踱步。他很引人注目:雪白的胡子,外表无可挑剔,微微有点瘸,身穿一条黄栗色呢子裤、米色的羊毛衫,外面是浅绿色的外套,都是上等的料子,看上去就像是一位正在度假的银行老板。当他看见马太·帕维尔时,非常高兴,瘸着腿迎上前去,热情地与他握手。

"马太·帕维尔先生,您这么准时,我真高兴。"

他请求前政府官员,在和市政府那帮人交锋以前,先到咖啡店去坐几分钟,因为他早上还没喝咖啡,附近就有一家很不错的咖啡店。马太·帕维尔没有反对,彬彬有礼的老先生让马太·帕维尔非常信任他,他相信听他的应该没错。

他们走进咖啡店,在角落找了一张桌子坐下。瘸子老先生除了咖啡,还要了矿泉水、白兰地酒和两块巧克力。好像对他来说,早晨的咖啡是万万不可缺少的。马太·帕维尔(也觉得这咖啡确实好喝)不想催他,扫他的兴。

过了很久很久,检察官好像还没有走的意思,似乎忘了他们的约定,忘了他们见面的目的。

最后,马太·帕维尔非常谨慎、很有礼貌地提醒他该去市政府,否则那里该关门了。

但是,检察官好像没听见他的话,像睁着眼睛睡着了。马太·帕维尔极力压住愤怒,坚决地重复了一遍他的请求:

"检察官先生，我们该走了，您要是改变了主意，我就一个人去。我必须去，这是我到这里来的目的。"

风度翩翩的老头抬起眼看着他，眼里闪动着魔鬼般的光，他柔和地回答道：

"没必要去了，马太·帕维尔先生，您要找的已经找到了。"

前政府官员感觉像一只玻璃盘子从架子上掉下来被摔得粉碎。他的惊愕是双重的，一方面，瘸老头的话让他吃惊，怎么说他已经找到了要找的了呢？另一方面是语言，老头突然用标准的罗马尼亚语跟他说话。马太·帕维尔想，难道这位乌尔姆的先生也和弹里拉琴的伊韦斯一样通晓多种语言？

"不，不是的。我和那个法国人不一样。"检察官平静地说，好像猜到了他的想法。

"那我怎么理解？说您是我的伯父卡尔·鲍尔，或者您就是博尔曼先生？"

"这个推理是正确的，只是我既不是您伯父，也不是博尔曼先生。但是，确实是我给您留下了遗产。"

马太·帕维尔感觉既怪异又难受，他像是被火烧着了，而且被烧成了灰。但接下来，他又感到浑身冷得发抖，冻成了一块冰。他知道这才刚刚开始，接下来还会有更意想不到的事情，他必须坚强。

"留给我遗产的是您？"他压低嗓子重复道，"但是先生，您怎么称呼？因为，我刚意识到我还不知道您的姓名。"

检察官好像很愿意满足他任何的好奇心，把他当成知心朋友。

"我有很多名字。阿波列昂、纳塔斯。"说着他把第二个名字用大写字母写在一张蓝色的餐巾纸上，"但是如果让我选择，我更喜欢叫西格佛雷德。"

"西格佛雷德……阿波列昂和纳塔斯！……那您的国籍呢？这些又都是些什么名字？！西格佛雷德是德国名字，阿波列昂是希腊名字，而纳塔斯没怎么听说过，也是个希腊名字或者是纳塔莎？可那是个女人的名字。"

"啊，不，您搞错了。您再从镜子里看纳塔斯，您就会明白我到底是谁了。"

风度翩翩的白胡子先生把写有名字的餐巾纸对准了咖啡店里的一面墙镜，让马太·帕维尔看。

遗产的继承人非常惊愕，他一个音节一个音节地念道：

"撒—旦！"

顷刻间，他明白了事情的缘由，失去了知觉。就在他快要倒在咖啡店的大理石地面上的一刹那，检察官神灵附体，对着他轻轻地吹了一口气，把他叫醒了。

"您想说什么？说您是撒旦，您自己就是魔鬼？！"马太·帕维尔接着前面的谈话继续问道，连他自己都感到奇怪居然能这么从容地谈论鬼怪。

"正是。您为什么如此惊讶？任何一个有智慧的人都能接受这样的事，在这世上的这么多孬种、英雄、圣徒和无耻之徒之间，也应有我的一席之地。此外，悠久的传统也一直允许我的存在。至于我们两个的关系，我常常有意地留下些痕迹，就像韩赛①口袋里的面包屑。如果您留意，如果您不是一开始就否认这种可能性，那么您就能找到正确的答案：谁是幕后的那个人，我又是谁或者说谁在操纵您？或者别这么残酷，让我换一个温柔些的词，把'谁在操纵您'换成'谁在和您交谈'。我有点瘸，而我在佛尔谢特和卡拉法特的人都有点瘸，我以大笔的金钱和敏感的话题吸引您，或者说诱惑您。对不起，权力和力量，是个非常虚渺的话题。所有这些，还不应该让您好好思考思考吗？现在我来解释一下这些名字：阿波列昂是希腊文中的'破坏者'，在希伯来语中是'毁灭'的意思。他是地狱里的天使。而我告诉您我的职业是检察官，也可以叫诉讼人，就词源学来说，希

---

① 韩赛：德国三幕歌剧《韩赛与葛莉特》中的人物。

腊语中的诉讼人就是提亚伯罗斯。难道您还需要更直接的联系吗？不管怎么说，我留下了足够多的信号，如果您能认真去辨别，一定能发现您面对的是什么人。"

阿波列昂停下了他的独白，喝了一口咖啡。他很满意，他的表演很令人信服。

马太·帕维尔内心的天平开始倾斜。现在他更感兴趣的是扣人心弦的故事本身，而不是他自己令人难以置信的处境。他对以后的事情已不再感兴趣，只热衷于故事本身，他迫不及待地想知道最后的结果，想经历所有的一切，而全然不顾结果会对他的生活产生什么样的影响。

前政府官员感到被一种不寻常的情感所包围。他怀疑过所有的事实，无论它们是如何地清晰，比如多瑙河流经乌尔姆，比如他们杯子里的是咖啡，比如他是坐汽车来这里的，比如这里的居民讲的是德语，再比如现在是中午，唯独没有丝毫怀疑眼前的这个自称是撒旦的人，以及他所说的一切。尽管如此，只要细细琢磨这个白胡子先生的出现，不管他叫什么——纳塔斯、阿波列昂或者西格佛雷德，就能明白事情的真实性和一致性，而自从他收到遗嘱以来所发生的一切也变得合乎逻辑了。

"检察官先生……西格佛雷德先生……有件事我不明白：您为什么选中我？"马太·帕维尔像个腼腆的小学生面对威严的老师那样问道。

西格佛雷德像刚刚戴上奥斯卡桂冠的明星在接受地方报记者采访那样解释道：

"这是个很聪明、很自然的问题。答案带有很多层面。知道吗？帕维尔先生，每个时代都有自己的魔鬼。我明白自己的处境，我只能是个后现代撒旦。你一定会问这是什么意思。后现代撒旦就是那个会考虑他的前辈和他们的附体的撒旦，就像一个作者看待前人所写的著作一般，会在引用他们书中的段落时使用双引号。我是个被引用的撒旦。所以，我宽恕我以前的所有一切东西，小心借鉴适合我的东西，使自己尽可能地优雅，远离那些我认为是渣滓和不适合的东西。如果您允许，我再讲讲传统和历史的形成这个话题。在我看来，它对于确立我和您之间以及人和人之间的正确关系很重要。现在让我回过头去回答您的问题：'为什么选中您？'让我一点一点来回答。第一，'为什么选择这个时段？'很简单，我们、你们临近一个毁灭的边缘——二〇〇〇年。你们干了那么多的坏事，积聚了无法描述的荒诞、灾难和罪孽，以及无法估量的恐惧，可以说是再合适不过的时机了。同时，那也是我的职责，去各地现身，给你们指路，让你们想起我的存在。第二，'为什么选择这个地区？'也很简单，这个巴尔干三角——卡拉法特、佛尔谢特、海尔库拉内——像一个百慕大三角，一个黑洞，一个最大的消极事物的中心。如果把它扩大到罗马尼亚、乌克兰、摩尔多瓦、南斯拉夫、保加利亚，那就意味着贫困、腐败、悲惨、谎言、矿工事件、秘密警察、克格勃、黑社会、克罗地亚和波斯尼亚战争，这还不是全部。我愿意透露给您一个不远的将来的秘密，请注意科索沃将要发生的事情，它完全是个罪恶的中心，一个颠倒了的世界。在任何一篇有价值的鬼神学文章中都提到这个公理：我就出现在那个颠倒了的世界里。最后，具体地说，就个体而言，为什么偏偏选中您呢？您又不是罪孽最深重的人。是的，您不是。但是，您忘了一切都是怎么开始的吗？当您感到内心空虚，无力面对现实和过去，被所有人抛弃，包括您自己时，您是什么感受呢？最简单不过，一个人在寻找一个栖息地，一个能让自己全身心得到休息的地方时，首先会去哪里？当然是去一间空空的、自由自在的、没有主人的房子。您说，我说错了没有？"

"没错，您说得完全正确……请原谅我的固执，我很好奇，我想利用这个机会弄清楚一直以来困扰我的一些问题，对不起，什么是您最喜欢的罪孽？相反，何种好行为最让您伤心？"马太·帕维尔以同样充满尊重的口吻问道。

西格佛雷德用咖啡润了润嘴唇,尽情地享受着醇香的咖啡。

"什么都比不上这咖啡!"他快乐地说着,好像有意稍稍偏离一下这个话题。

然后,他又喝了一小口矿泉水,接着他又讲开了。

"马太·帕维尔先生,你的这些明确和天真的问题给人一种非常谦卑的印象,就像十五世纪埃击迪乌斯书中的驱邪者。您的问题正是一个驱邪者向撒旦提出的一连串问题中的一个,这是传统的驱魔书上写着的,为的是辨别魔鬼。换句话说,也就是辨别我。呵呵,所以我说我是个后现代路西法①。而对我以前的那些化身和评论,我以去伪存真的学者态度,把它们看作是已有的文字,需要时作些参考和引用。还有,我再给您透露一点:我酷爱鬼神学,我是这方面的专家,我还在美国的一所大学里教过几年的鬼神学。那是个极具诱惑力的领域,真的!我做过扎实的研究,我可以给您提供详尽的著作目录和完整的历史。您知道吗?也许这是众所周知的,我来自上天,开始时我是九级天使中第二级司知识的天使,是上帝身边的红人。但是,这种自豪感毁灭了我,使我成了堕落的天使,最终变成了撒旦。耶稣自己还称我为'世界的儿子'。这个世界的罪孽都由我而起。我变成一条蛇,诱惑夏娃,我导致了亚当的堕落,乃至整个人类的堕落。接下来发生的事大家都知道了。关于我的最初介绍出现得很晚。一开始我还没显得那么重要,也可以说,没人把我当回事。我的早期形象之一出现在六世纪埃及巴乌矣特的一个教堂的墙壁上。第一次魔鬼爆发发生在十一二世纪,就像评注家勒高夫所说的。以后关于我的介绍越来越多,我的形象也变得越来越恐怖。在圣瑟韦、圣皮埃尔德绍维尼、欧坦、韦兹莱、穆瓦萨克等地都能见到我的形象。那时,你们人类才认识到我是个多么令人生畏的对手,并开始畏惧我。而这种畏惧到十六世纪下半叶、十七世纪初达到了顶峰。至于地区,法国比较厉害,德

---

① 路西法是《圣经》中撒旦的别名。

国闹得最凶。您瞧，任何事情都不会是巧合的。因此我们现在到了这里。德国在这方面是有传统的。穆思库鲁斯①在一五六一年就写道：世上没有一个国家像德国那样，魔鬼能产生如此大的力量。我还可以告诉您，如果您愿意听的话，在十六世纪，当时人们刚刚发明了印刷术，正在为此洋洋得意，对不起，我这么说。还有，有关我的书籍的印刷量是最大的。在德国市场，介绍我的书籍就发行了二十三万一千六百册。而本世纪最后十二年，有关浮士德的传说也有不少于二十四个版本。我告诉您啊，我还真是怀念那个时代，多荣耀啊！有关我的剧目和演出在当时是最受欢迎的。惧怕撒旦，也就是惧怕我，一传十，十传百，达到了顶峰。不管怎么说，我也有过非凡、杰出的过去。但丁和歌德，莎士比亚和塞万提斯都写过我，还有勃鲁盖尔和希罗尼穆斯·波希。我对《乐园》有一种病态的偏爱。您知道由我引起了多大的争议吗？路德、约翰·厄克、加尔文等人都加入了进来。那些老百姓把我塑造成非常可爱的形象，叫我罗宾，就像现在叫我西格佛雷德一样。在老百姓眼里，我是一个好商量，可以驯服的人物。我被人性化了，总是被描写成一个倒霉鬼，一副可爱的形象。那个圣奥古斯丁不知花了多少精力来改变这个形象，他极力想让人们明白我一点也不诚实，相反，我是所有罪恶的集成。又掀起了一场有关我的品德的激烈争论。路德甚至绝望地承认'我们的身体及财富都被魔鬼奴役了，魔鬼成了我们这个世界的王子和上帝。我们吃的、喝的、穿的、所呼吸的空气、我们生活的一切都掌控在他的手中'。看到这段文字，我很高兴并把它记了下来。"

西格佛雷德又停下来喝了一口令他十分兴奋的咖啡。

"马太先生，"这次他以充满智慧和自嘲的口吻说道，对他的倾听者带有明显的好感，"您可能会以为，眼前的这个撒旦有点自恋，有些老朽，像个善良的老爷爷。对不起，您知道，这样的倾诉和无忧

---

① 穆思库鲁斯（1514—1581），是德国神学家、信义宗牧师。

无虑的回忆是极少有的。请把这些都归咎于我对您的好感。或许您已对此感到疲惫和愤懑，但在结束我杂乱无章的回忆以前，我还想告诉您两件事。一六一六年发表的《路西法帝国》中有对我的帝国地界的描写。要指出的是，这本书是由一个巴伐利亚人写的……还有一本书《魔鬼的威望》，发表于一五六九年。那里也有对我的军队的描述。它是这样写的：一个最高领袖——很显然那就是我——手下有七十九个王储，他们率领着七百四十万九千一百二十七个魔鬼。既然说到这里，苏亚雷斯在他的一篇文章中提出的观点就更有意思了。他说，每个人生下来就带有一个魔鬼，一种个人的鬼神，它将诱惑他一生。换句话说，有多少人，就有多少魔鬼，或者说，人和魔鬼是无法分开的。以此推理，现实的人包括了现实的鬼神。所以，可以这么回答您刚才的问题：不存在罪孽的好恶。我窥视一切，监督一切，对一切都好奇。"

西格佛雷德停了下来，又低头津津有味地喝了一口咖啡，两眼因为快乐闪烁着奇异的光彩。

"已经没有了以往的精致和细腻。"他忧伤地发表着评论，"现在要喝到一杯好的咖啡太难了，世上找不到比这里更醇香的咖啡了，它使我想起那个逝去的年代。或许在维也纳还有一家，一家也只有少数人才知道的咖啡店，不过最好的还是这家。"

遗产的继承人还想利用这个机会再问一个困扰他很久的问题。他有些不安地在椅子上晃动着，斟酌着恰当的措辞和语气，唯恐他过度的好奇激怒这位忧伤的世界之子。他小声地问道：

"西格佛雷德先生，有一点我不明白。在我这次……漫游中遇到的那几个人，我对他们很有好感，他们就好像是我的亲戚。他们是不是也处在与我相似的处境中？您明白我的意思吗？也就是说是不是也在您的关照之下？我指的是伊韦斯、佛尔谢特的画家特奥多尔·布莱诺维奇和卡拉法特的工程师弗拉蒂米尔·杜米内亚。"

马太·帕维尔小心地抬起头看着西格佛雷德，他想知道对方对他这个放肆的问题有什么反应，是否愿意回答。他发现西格佛雷德还是那样平静，没有丝毫的不快，便放下心来。自称检察官的人以同样温和和极大的耐心讲述着，就像一个小地方的教师，顺从地在给镇长的儿子讲课似的：

"伊韦斯和我们没关系。他属于另外一路，如果可以这么说（说到这里，西格佛雷德笑了笑）。不同的世界和事件有时也会碰到一起，我们无法控制一切，我们也没想这么做。至于另外两个，您的直觉没错。如果您允许我这么说（西格佛雷德又笑了笑，但是带着明显的自嘲），你们三个属于同一批的。我承认，当我用手指弹他一下，或者动一下他的笔时，佛尔谢特画家的手就会变得迟钝或异常灵巧，就能画出一些意想不到的线条和笔墨颜色，这时的画面就不一样了，更疯狂了些，您懂吗？我给他滴了一点点鬼神液。在他身上我费了不少心思。他生活中的悲剧以及艺术上的成就，大部分都是我给的。我控制着他，这是我所热衷的。至于这个工程师，事情有些不同（当他开始讲述杜米内亚时，西格佛雷德的脸色变得阴沉起来。很明显，有些事情使他很气愤）。开始时一切都很顺利。我改变了他的生活轨迹，就像改变一个数字一样，把它从负数变成了正数。他曾是我最抱希望的试验之一。后来发生的一些事情把一切都搞乱了（说到这里，西格佛雷德有些迟疑，脸色阴沉了下来，整个面目都变了，感觉马上就要失去控制）。还有什么可说的，还有什么可以回避的，该来的谁也躲不了。我的合伙人，您知道我指的是谁，他参与了进来，他要把我辛辛苦苦、兢兢业业经营的一切都破坏掉。我眼看着弗拉蒂米尔·杜米内亚从一个就快要成功的试验变成了失败，最大的失败。这些都是因为他，天上的那个……"

西格佛雷德突然停了下来。他想喝一口他那钟爱的饮品，但马上又改变了主意，猛地把杯子推得远远的，里面的咖啡洒在了桌子上。他完全变成了另外一个人，脸色变得异常严峻，样子十分吓人。先前的彬彬有礼和稳重全没了踪影，他凶相毕露，变得暴躁、恐惧、可怕。他狂吼道：

"这么多的蠢货都焦急地等待着世界末日，世界末日。毫无意义，都是欺骗！这是欺骗。耶稣不会再胜利归来。我一直就这么认为，而且还将义无反顾地坚持我的真理。没错，我没说错，耶稣只是虚幻的，而我是真实的。我诚实，因为我承认你们性格中的弱点和错误，接受它们，而他宣扬一些虚假的清规戒律，发起那根本不存在、无法定义、又不能被你们接受的所谓完美的讨论。他竖起了一道很高的栏杆，你们没人能跨越它，因此感到罪过，成为他的罪人。他总是让你们有罪恶感，总是处于恐惧中。你们真是大错特错，你们不应该害怕我，而应该害怕他，害怕他。我从一开始就说了，但是没人理会我，我总是在对牛弹琴，这让我非常恼火。你们动动脑子想想，睁开眼看看吧，他想让你们成为不是原来的你们，这样他就可以任意惩罚你们。你们应该对抗的是他，而不是我。"

西格佛雷德大发雷霆，失去了理智。马太·帕维尔蜷缩在椅子里。大声的吵闹引起了咖啡店里别的顾客的注意，他们用谴责或惊讶的目光看着他们。他们听不懂他们在说什么，因为他们说的全是罗马尼亚语。在他们看来，什么规矩都破了，再也找不到一个高雅的地方，有的还以为是两个同性恋者因为嫉妒而争吵呢。西格佛雷德意识到有点过头，他猜到了周围人的想法。所以，他转过头去，用德语开玩笑地对他们说："对不起，我怀疑我老婆已不爱我了。"①

然后，他的声音变得柔和了些，嗓门也压低了点，但是很严厉，所有的威胁已从声音变成了冷冷的目光，他看着遗产继承人。这位就像有一只爪子穿透他的心脏和脑袋一样难忍。

"年轻人，你得明白，我所做的一切都对你有利。我能猜出你的想法，所以我也能猜出咖啡店里这些蠢货的想法。你骗不了我。今天你一直被一个想法折磨着：'为什么这一切会发生在你身上，也就是

---

① 原文为德语。

说，为什么我会出现在你的生活中，把你的生活搅得一团糟？'你认为你不应该遭遇这些，因为你是个普通人，并没有什么特别之处，而且你也不是罪孽最深的人。为什么？为什么？你一直在问自己。但是，你也不动脑子想想，你是正好碰上了。谁都可能碰上的。这需要判断力。我也直接告诉过你，但是你没听进去。每个人都有一个自己的撒旦。如果我时不时地出现在你们面前，那么这个大度的举止的意义在于：解放你们被禁锢的思想，开阔你们的视野，让你们打破现实的假象，让你们不要忘记我。我要你们提出问题，让你们活生生地、实实在在地生活，让我在你们身边，在你们中间。我要你们明白这个世界，这个虚幻的现实比你们的大得多。在这个充满诱惑的新的世界里永远存在着我，存在着我。我一直存在着，不能被搁置一边，我的作用是中心的作用，中心。"

西格佛雷德停了下来，想看看马太·帕维尔对他的话有什么反应。从他的表情看，他对对方的反应并不满意。帕维尔现在看起来有些虚弱、疲惫、悲伤和无视一切。他不无失望地继续说道：

"继续和我对抗，还是承认我的权威，那是你的事了。我希望你有足够的智慧认识到我说的都是对的，并服从于我，服从我的真理，那是唯一的真理。不过，你不会再见到我了。我已经给了你足够的保护。关于你那篇文章，你写的时候，我就一直在看。写的什么玩意儿！听听我的建议吧：你可以九十九页都是平平淡淡的，但是，起码到最后一页得有点闪光的东西，起码得有一句令人难忘的句子、一个有深度的见解，这样整篇文章就有分量了。如果你还能记得今天我和你在这里说的一两个真理并把它们写进文章里，你就能写出你们人类所说的天才类的文章。不过我表示怀疑。好了，到这里吧，我和你就此结束。我就算把你交给上帝吧，或者你愿意交给谁就是谁吧。"

西格佛雷德苦笑着，他的笑和佛洛兰及科斯泰尔的一模一样。他站起身来，一瘸一拐地离去，没一会儿就像烟雾一样消失了，让马太·帕维尔目瞪口呆。他有一种无以言状的感觉，用复杂和书面的类比来解释，就好比是一个字母被一阵狂风从一本书的句子中卷到了一片混乱的沙漠中。

一秒钟后，马太·帕维尔发现自己在旅馆的房间里。他躺在床上，身上盖着软软的鸭绒被，穿着睡衣，刚刚从梦中醒来，但记不清都梦见了什么。外面天还没亮，从窗户里能看到一块霓虹灯广告，一闪一闪之间，能看见一个由蓝色字母构成的名字"Milka"。

前政府官员看了一下表（已接近午夜时分）。他感到休息得很充足，起来喝了一杯矿泉水。尽管不是写作的时间，但一种莫名的动力促使他继续那篇有关权力和力量的论文。

当他打开手稿，突然想起梦到过什么。他做过一个长长的梦，情节清晰、曲折、紧张。他清楚地想起了梦的结尾：有人毫不留情地指出了他这篇关于权力和力量的论文的不足，还给他提了一个奇怪的建议，以便多少拯救一下整篇文章。那就是，如果他记得住的话，在文章的末尾加上一两点他提供的晦涩且充满颠覆性的独白中所提到的诸多真理。这时，马太·帕维尔想起了他和那个有点瘸的检察官老头的会面，其中的细节也清清楚楚。他说他叫西格佛雷德，是撒旦。所有这一切都在遗产的受益者脑海里慢慢变得清晰起来，他感到困惑，他不知道这些是发生在梦里还是现实中。

"西格佛雷德所讲的哪些该首先记住呢？他希望给我传达什么可以写入我的文章中的信息呢？是作为结论还是最终判决？"马太·帕维尔自问道，而这些问题对他来说是一种痛苦的折磨。与此同时，他的耳边又一次一遍一遍地响起了西格佛雷德的独白。

"或许他想让我记住这个世界是一个颠倒了的世界，一艘由一帮精神病人驾驶着的、没有指南针和没有舵的、行驶在风暴四起的海上的船。或许是吧。在这样的情况下何从谈论权力和力量？任何有关权力和力量的想法都是不真实的，都会烟消云散。"前政府官员急速地在本子上写道。唯一能真正进行权力和力量讨论的领域是精神上的，那里撒旦和上帝以及耶稣正进行着根本的冲突。

或者应该记住他说的另外一些东西，那就是：每个人都有一个鬼神。如果事情真的是这样，那么撒旦存在于人的内心世界。如果这个设想成立，那么我们就不得不得出合乎逻辑的推论，我们内心都有一个末日。世界末日在我们看来也不再是一连串骇人听闻的外部事件，看得见的灾难，而是一串无止境的内部裂变和内心的堕落。因此，我们无需再等待世界末日：它是内部的，发生在我们每个人的内心，并且已经开始，正在进行之中。

那么，我们如何定义权力和力量呢？

他放下笔，合上本子。但如果他与西格佛雷德的见面不是真实的，他只是做了一个梦呢，如何验证呢？他开始穿上外出穿戴的衣服，但他并不明白为什么要这样做。就在他扣衬衣扣子时，他在镜子里看见了自己，他不禁吓了一跳，似乎他希望从镜子里看到的不是他自己。这时，他想出了一个自认为绝妙的主意：他要到教堂广场去，看看那里是不是有个咖啡店，它是不是和他记忆中的一样。

他急不可待地跑向那里，内心有一种难以抑制的激动。到了，他认出了一切。咖啡馆就在他想象的地方。他走了进去。店里空无一人。一位妇女正在打扫卫生。

"晚了，关门了。"①清洁女工神情专注，声音略带倦意。

马太·帕维尔没有理会她，他出神地走在大理石地面上，仔细地勘查着：有些装饰和他想象中的完全吻合，有些则完全不一样，比如，桌面不是大理石的，摆放得也不一样，镜子也不是墙的四周都有，只在他和西格佛雷德可能坐着喝那杯似乎喝不完的咖啡的那个角落里有一面。

"不，不，还是不一样，我没来过这里。"马太·帕维尔对自己

---

① 原文为德语。

说着,准备离开咖啡店。他低着头,颇感紧张和沮丧。当他走过在门边扫地的女服务员时,目光被簸箕里的一张小纸片所吸引,那是一张被揉成一团的蓝色的餐巾纸。他捡了起来,上面写着:"NATAS"!

这时,马太·帕维尔真的感到了恐惧。那是一种毫无边际、难以描述的恐惧:他感觉自己似乎不再是人了。

第十四章

事情一桩接着一桩发生。这位前政府官员有点鬼魂附体，或像一个醉鬼，换句话说，他只能控制自己的一小部分行动，就像是一台机器那样运转，无法解释自己为什么要这么做，也无法回忆起所发生的事情。

他像是被人追逐似的急速回到了房间，并以同样的速度收拾好行李，带着恐惧离开了旅馆，直奔火车站。他必须马上离开这个城市，就像要从一个备受和自己长得一模一样的看守折磨的监狱里逃跑一样。他跳上了第一趟开往慕尼黑的火车，并转车到了维也纳；等了几个小时后他又连夜搭乘另一趟火车到了布达佩斯；在那里又等了好几个小时才坐火车到了贝尔格莱德。随后，他几经中转到了一个乡村的破旧车站，并从那里回到了熟悉的佛尔谢特。他对此次充满艰辛、复杂异常的回归东欧之行似乎没有一丝印象，就像他失去了对已逝时间的概念一样。时间对他已无所谓，起不了任何作用，就像在这段时间里，他没有了正常的饥饿、口渴、疲劳感一样。

那是十一月初的一个夜晚，佛尔谢特迎接他的是阴郁、冰冷的雨夹雪。他步行来到塞尔维亚饭店。此刻，他感到自己就是一个圈圈，被一个玩耍中的孩子用铁丝制作的装置从后面推着走在指定的轨道上。

他要了二号套间的钥匙，那个女服务员（还是那位，以同样的坐姿，正裹着格子花呢长巾打盹儿）把钥匙递给他，对他的出现未表现出丝毫的惊讶。他快速上了楼，刚刚走进房间就听见刺耳的电话

铃响。他拿起话筒,耳边传来了阿列库·佛洛兰那令人肉麻的声音:

"马太先生,欢迎您回来。如果有事可以随时找我,我就在这里,随时听候您的吩咐。"他说着,但背后要传达的却是另外一个信息:游戏继续,规则不变。规则当然是代表他这方,也就是西格佛雷德的规则。没有任何变化,一切照旧。唯一的变化就是现在马太·帕维尔已经不再是一无所知。

马太·帕维尔明白这个电话的含义,他知道假如呵斥对方,再跟他说他已经知道了真相,知道他不只是一个简单的听差,而是西格佛雷德的使者,那都将是徒劳的。因此,前政府官员采取了另外一种态度:假装不为所扰,决定接受先前定下的合约。

"谢谢,阿列库先生。我没什么事,有事会告诉你的。"他尽量以中性的语气回答道,然后挂上了电话。

他想,应该马上给特奥多尔·布莱诺维奇去个电话,这是最紧急的事情,或许正是带着这个尚未完全意识到的意图,他才回到这里来的。

他正准备拨号时,一阵可怕的困意向他袭来,就像是有人往他的四肢和体内注入了铅似的。他倒在床上,即刻睡了过去。

这一觉足足睡了十个小时。醒来时却感觉像是只睡了不足一秒钟,他的思绪又回到被打断的地方:给他的画家朋友去个电话。

第一声铃响后他便找到了特奥多尔·布莱诺维奇,他们约定马上在画室见面,画家会在那里等他。

热烈的拥抱、一杯冒着热气的咖啡和对即将进行诚恳交谈的期待,两个互相信任的人的会面就这样开始了。一束秋日晶莹、充满活力的阳光透过阳台的玻璃墙射入室内。

"布莱诺维奇先生,有什么新情况?"前政府官员问道,他知道以他朋友开朗、热情的性格,早已迫不及待地想告诉他这段时间发生的一切。

果然，画家早已按捺不住了。他开始滔滔不绝地讲述着，全然不顾自己在帕维尔眼中显得过于坦诚、毫无城府。

"马太先生，我单身了。"

这个消息着实让遗产接受者感到吃惊，于是，他打断了画家第一句坦白式的陈述：

"怎么回事？"

"就这样，我一个人了。这符合逻辑，也在意料之中。我妻子受够了我的感情不忠，已忍无可忍，带着孩子回了娘家诺维莎德。她这一走，我这里可乱了套了。您瞧，她走了，我挺想念她的，感受到了她对我来说是多么的珍贵，而我的负罪感也越来越重。因此，我也不能再像以前那样对待吉娜了。我变得令人厌恶，沉闷，不再有心情接近她，和她厮守在一起。我们之间好像砌起了一堵墙。我自己都感到遗憾，我不能再让我们之间像以前那样默契，但又无力抗拒，并从中解脱出来。不久，她也离开了我，连一句道别的话都没有。有一天，她告诉保姆她辞职不干了，要去贝尔格莱德，她在那里找到了更好的工作。当然，我去查过，到那里去找过她，根本就没有她的影子。有人告诉我，她去了别的地方，在黑山亚得里亚海的一个小地方。但是，在那里我也没有找到她。我找遍了所有的地方，都没找到她，她好像是被大地吞没了，从来没有存在过一样。"

画家被自己的故事感染着，不再作声。马太·帕维尔不知道该说些什么，他准备了一堆话，想警告他的朋友，不能以正常和普通的眼光去看待所有发生在他们身上的事情；而必须以另一种方式、另一种思维去对待，要把它们放到另一个世界去处理，那里有撒旦，而这正是他回到佛尔谢特的根本和唯一的理由。他想告诉画家，他在乌尔姆认识了这个西格佛雷德，现在不仅仅是他马太·帕维尔，还有特奥多尔·布莱诺维奇都在同一个焦油炉里，都在西格佛雷德可怕的控制之下。但是就在最后时刻，前政府官员改变了主意，他想推迟这一告白的时刻。于是，他用关切的口吻问道：

"那幅画完成了吗？"

艺术家没有回答，而是揭开了那块遮着画的布。这幅画比第一次看到时更加光彩照人。马太·帕维尔马上想到了西格佛雷德在咖啡店里跟他说的有关画家的事情，他仔细端详着这幅画有梦幻般天使女人的作品。他看到了令他目瞪口呆的一幕。布莱诺维奇背对着画布，观察着客人对他作品的反应。

"我不太好说我是否已经画完，"布莱诺维奇迟疑了一会儿，"每次我认为完成了，应该是最后一笔了，一切都很完美，没什么可修改的了。但是每次我总要推翻自己，于是我的信心又烟消云散。第二天或者两三天以后，我又有了新的思路，又添上一笔，做些修改，而这幅画变得越来越充实。"

就在画家说话之际，马太·帕维尔不安地发现，画中的天使眨了眨眼睛，还变换了一下姿势。

"布莱诺维奇先生，您画中的人物动了起来，像是有了生命！"马太·帕维尔惊叫起来。

画家把目光转向那幅画，但并没发现什么不寻常的东西，一切都原封不动。他笑着淡淡地说：

"或许这是一件非凡的作品，但还不至于这么神奇，我还是认为我没这个能力，创造出类似皮格马利翁①那样的杰作。"

他盖上画布，动作有些迟缓，神态略显疲倦。

马太·帕维尔没有跟他讲述他在乌尔姆与西格佛雷德的见面，他确信，画家不会相信他的。以后有机会再跟他讲吧。于是，他辞别出了门，内心比在乌尔姆的最后一个晚上还要不安和害怕。

---

① 希腊神话中的塞浦路斯国王，他同时还是一位出色的雕塑家。他精心雕塑了一座少女像，美丽动人，皮格马利翁真心地爱上了她。结果，奇迹发生了，塑像被皮格马利翁的真心所打动，少女"复活"了。

机会来得比意料中还快。就在那天晚上，画家来到他住的饭店，神情恍惚地对他说：

"帕维尔先生，您说得没错，关于我那幅画中的人物，发生了一件难以置信的事情，有些地方不太对头。天使从画中消失了，好像是有人故意从那里将它抹掉了，然后用风景做了修补，给人的印象是我一开始就是这么画的。没有了天使，而画面却很完整，好像她从未在画面上出现过似的。如果您到画室去看了就会相信的！"

在去画室的路上，特奥多尔·布莱诺维奇向布加勒斯特人讲述了因天使消失而造成的难堪局面。那天，美国一家很有名望的美术馆的几位代表来到他的画室。他们是由他的一位居住在巴黎的塞尔维亚著名艺术评论家朋友介绍来的。习惯于这种场面的他，很自信地揭开了画布，期待着客人们在看到这幅画时能表示出的震惊和赞赏。但是，客人们的脸上只表现出了应有的友好。

当特奥多尔·布莱诺维奇发现天使不在画中时，差点瘫倒在地。他勉强编了一个并不令人信服的借口，说这只是对第一幅画的回应和补充，填补了一个空缺，这两幅画将同时展出，因为它们放在一起才构成一个整体。

特奥多尔·布莱诺维奇打开画室的门，请布加勒斯特人先进去。宽大的房间里，那幅画一览无余地立在那里，却不见天使。没有了天使的画展示出全然不同的景象，像是预示着一个看得见的世界末日，揭示了无法比拟的悲哀，令人心碎的凄凉，不可思议的绝望。画上看到的就是一个奄奄一息的病态宇宙。

"帕维尔先生，您怎么看？难道有人把天使抹掉，又画了点别的上去？"

"不，我不这么认为！"前政府官员严肃地说着，在一把椅子上坐了下来，同时示意画家也坐下，好让他们两个都缓口气，镇静下来，因为他们现在所处的境地特别需要保持平静的心态。

"我认为是发生了别的事情。"马太·帕维尔继续说道,"我认为,天使确实离开了这幅画,就像我们离开饭店一样。我没有根据,只凭感觉,或许凭……不,就是凭我最近在乌尔姆的经历。因此,我回到这里,回到佛尔谢特来提醒您,不仅是我,就连您也在不知不觉中被卷进了一个灾难性的境地。到目前为止,我一直以为还不是跟您说的时候,事情是如此的荒唐,以至于如果我冒冒失失地告诉您,您一定不会相信我,那么情况就会变得很糟糕。不过,现在看来必须马上告诉您,情况变得非常紧急。"

马太·帕维尔停了片刻,深深地吸了一口气,开始了他的讲述:

"布莱诺维奇先生,我去了德国乌尔姆,去寻找给我留下遗产的伯父卡尔·鲍尔。但是我没见到他,却认识了一位风度翩翩、彬彬有礼的上了年纪的人,他叫西格佛雷德。他告诉我,遗产是他留给我的。这些都不算什么,只是他断言并且坚信所有这段时间里发生的,包括今天的事情,都会让我相信他。因此,他自称是撒旦,我现在就在他的掌控之中,在他的势力范围之内。我不知道怎么表达才合适,他在作弄我,不光是我,也在作弄您,还有我的另外一个朋友,卡拉法特的工程师。他的目的就是要证明他的存在。"

画家开始恐惧地颤抖并抽泣。

"不,不,不,不……"他一个劲地重复着,像是一张被划破了的唱片。

马太·帕维尔拿了一块毯子,披在他的肩上。

"是难以接受,但这是事实,我们没有办法逃脱他!"他冷静地说。

"可是,为什么偏偏是我,是您呢?!为什么是我们?我们是最坏的人吗?我们无可救药了吗?"画家一个劲地哀叹。

"是的,这是我们每个人都会问的第一个问题。好像我们是凑巧被选中的。谁都有可能碰到这样的事情。这就是西格佛雷德希望传达给我们的警示。"

"那我们该怎么办?"画家问道,好像已经接受了目前的处境。

"糟糕的是,我也没有办法。或许,只有冒险先走第一步,以后的事,很难想象。第一步,我们去找那个天使。我感觉她就在附近。"

他们俩设计了一个详细的寻找方案,得出的结论是,天使最有可能去的地方是布莱诺维奇儿时记忆最深的地方,也就是画面的背景地,他母亲的村庄。很自然,天使也会试图回到母亲的栖息地,想逃脱这个模拟的空间,回到画面的原生地。

布莱诺维奇母亲的村庄离佛尔谢特不到四十公里。第二天他们就开着一辆破旧的塞尔维亚生产的汽车,出发去那里寻找天使。画家——这个自行车的忠实使用者——从他的外甥那里借来了一辆汽车。他对这种交通工具很不习惯,感到非常不自在。

他们在村子里没有找到她。那里的风景与画面中的既像又不像:首先,现在已是深秋,树木不仅没有开花,连叶子也都掉得差不多了;天空也不是清澈的,而是灰暗的;田野已失去了翠绿色,完全被霜冻覆盖住。但是旁边流淌着的那条河却引起了马太·帕维尔的注意:河水清澈无比,清澈得有点怪异,好像是一个隐身的巨人流出的泪水,在向世人述说着经历一种无法弥补的损失后那无以言表的痛苦,或者正在为这个即将消亡的世界哭泣。这个地方已经发生了翻天覆地的变化,只是在特奥多尔·布莱诺维奇的记忆中还保存着原来那天堂般美好的东西,正是这些美好的东西给了他无穷的力量。

这里根本没有天使的影子。她没有回来,没有躲在这里。那么,她能去哪里呢?他们根本不知道。

在回佛尔谢特的路上,画家和他的朋友在城郊的一个停车场歇了下来,想在那里的一个小酒吧喝点咖啡。旁边是一个小旅店,是开长途的大卡车司机经常光顾的地方。这个地区尽是些下三滥的人,还有妓女。他们俩也顾不得这些,先各要了一杯咖啡,然后又要了伏特加。他们想以一醉方休来逃避难以承受的心理压力。

他们每人喝了三大杯伏特加,但还保持着清醒,虽然这种清醒已成为一种煎熬。正在喝第四杯时，他们旁边的桌子来了两个人——一个满身油污的胖子和一个干瘪、驼背的人。他们用塞语大声地谈论着新近在周边出现的一个荡妇，说她比天使还漂亮，他们两个都从她那里得到了满足，而且不光是他们，她总是烂醉如泥，谁都可以和她上床。

尽管马太·帕维尔听不懂他们在说什么，但还是被他们激怒了，他请画家把他们的对话翻译给他听。这位画家便把那两个看似卡车司机的人说的话原原本本地翻了过去。

听罢这些话，马太·帕维尔猛地从椅子上跳起，喊道：

"你说是七号房间？走！肯定是她！"

他们快速跑向小旅店。七号房间在底层。门口的走廊上，站着八九个男人，排成了一队，就像是诊所的门口一样。

他们不顾这些人不满他俩加塞的吵闹声，挤进了房间。里面还有三个人：两个兴奋地观看着，另一个正在和一个仰面躺在床上、几乎不省人事的女人交媾。那女人正是他们要找的天使！美丽无双的女人天使。她躺在床上，双眼紧闭，手里捏着一个已经快喝干了的酒瓶。她两腿叉开，裙子被撩到了肚子上，上身的胸部那一片已被撕破，两只完美的奶子露了出来，很扎眼。她外面套着从画室里拿走的画家那灰色的风雨衣，或许是故意套上的，因为它正好能遮住那对硕大的翅膀。

特奥多尔·布莱诺维奇神经质地扑向那个压在她身上的男人，猛地将他推开。在场的所有人，包括当事人，都没说什么，他们以为他是那女人的丈夫或者兄长什么的。

然后，在马太·帕维尔的帮助下，画家背起了天使。她睁开眼，看见他们时，发出了一声含糊的叫声，还试图反抗，但因为烂醉如泥，很快便又失去了知觉。

当他们拽着她往车那边走时，前政府官员惊愕地发现，天使在流血。出血的部位正是翅膀的位置，翅膀已被折断或拔掉。

他们把她带回画室，帮她清洗，用酒精给伤口消了毒，把她放到床上，让她睡觉。

马太·帕维尔回了饭店，而特奥多尔·布莱诺维奇那天晚上没有回家，在画室守着从画中掉下来的生命。他坐到椅子上，拿了块花格子毛毯盖在身上。他满脑子充斥着不祥的想法，他试图说服自己，现实远比他想象的要丰富得多，他所遭遇到的一定有它的必然，是无法抗拒的。但是，他说服不了自己。他的思维已经无力想象这样的可能，到一定时刻，到一定程度，所有的支撑都会坍塌下来，所有的想象都会化为乌有，砸得粉碎。

画家从椅子上站起身，吃了两片安眠药，看了一眼他那美丽的不可思议的人物：她静静地睡着。

他回到他那临时的窝，那把椅子。那两片安眠药也没能让他马上入睡，直到天快亮了，他才疲倦地睡去。

中午时分，他被马太·帕维尔的敲门声惊醒。

布加勒斯特人是想来看看画家这里的情况，还有那个不同寻常的画中人物。

"快看，快看！"他一进门就看着那幅画低声说。

睡眼惺忪的画家用手揉了揉眼睛，转向他那幅画。画恢复了原样，中间是用颜料堆出的天使以及她那对硕大的翅膀，还是原来的位置，原来的模样。

只有浴室地面上那几点血迹和还留有她体温的床能证明，画家和他的朋友不是在做梦，有关天使的事情确实发生过。

而天使的冒险经历并没有就此结束，那只是个开始。接下来的几天，天使出逃并像个荡妇那样到外面去鬼混，已成了家常便饭。

一旦这些出逃成了习惯之后，她返回到画家为她设计的"住处"也就变得无辜了。

第十五章

特奥多尔·布莱诺维奇和前政府官员不再就天使的事件作任何评论，他们俩只默默地、信心十足地相互注视着。他们完全理解并准确判断着令人难以置信的处境，不再需要用言语来解释和抱怨。他们的脸上是那样宁静，还有麻木，这只有在经历了巨大的恐惧和甘愿接受任何可能发生的意想不到的事情的人才会有。

有了这种感觉，他们俩无需言语交流就决定听从命运的安排，接受直至最后的考验，不管结果会是何等地荒诞。

就在那天（在他们离开放置那幅光彩照人的天使画的画室后），他们决定改变策略，就像有句老话说的以毒攻毒。他们决定不再惧怕西格佛雷德，不再躲避那些挑战。因为他们也没地方躲，而且躲避的结果往往适得其反，你越躲，就被控制得越厉害。相反，他们要直面乌尔姆的那个瘸子，他们要去找他，要打着灯笼去找他，去接受西格佛雷德那些令人神魂颠倒的挑战，去勒令西格佛雷德把他的那些发明创造实施到他们身上。

他们在特奥多尔·布莱诺维奇家里，研究了一本有关魔鬼的魔力和他的软肋的书。他们认为必须掌握这些信息，了解自己的对手，知道该如何应对。

第十六章

  十二月初的一个阴天,马太·帕维尔站在饭店房间的窗口向外眺望。那是晌午时分,外面干冷干冷的,饭店前面的广场上空无一人。
  突然,一辆由远而近驶来的卡车打破了宁静,就像一把刀子划破了一块大白布。随着声音,从两旁都是掉了叶子的栗子树的恬静的大街尽头驶来一辆卡车。那是一辆土黄色的军车,敞篷挂车里满载着士兵,车头挂着塞尔维亚国旗。卡车在一家糖果店门前停了下来,马太·帕维尔能很清楚地看到车上的士兵,甚至他们的面部表情。当他再次在士兵中发现伊韦斯时,并没有像前几次那样感到惊讶。伊韦斯平静地盘腿而坐,用他那随身携带的里拉琴弹奏着一首难懂的曲子。士兵们认真地听着,似乎那曲子多少能慰藉一下他们的心灵。马太·帕维尔清晰地听见从伊韦斯的里拉琴发出委婉的声音,这些声音好像变成了小鸟,飞到他的耳旁。
  前政府官员有一种冲动,想喊那个流浪的法国人或者直接跑去找他,但是,他马上告诫自己这又将是徒劳的,还会像前几次一样失之交臂。他们注定见不了面,因为伊韦斯总是在虚幻中出现,目的就是要刺激马太·帕维尔,就像出现在地平线上的一叶白帆刺激遭遇沉船的人一样。
  这个假设马上得到了验证:如果马太·帕维尔下楼,他根本没有时间赶上卡车,因为从对面的楼里走出一位身穿蓝色制服的年轻女子,身上佩戴着红十字会徽章。在一名士兵的帮助下,她快速爬上车,卡车随即启动,不一会儿便消失得无影无踪。广场又恢复了空寂,在十二月的寒冷中如同一件易碎的瓷器,随时都会被打碎。

马太·帕维尔离开窗口,发觉屋子里很冷,他甚至开始浑身发抖。冷气来自两个方向,一个从室外,一个来自他的内心深处。

他走到暖气边上,伸手摸了摸,暖气片冰凉冰凉的。暖气片应该是滚烫的才对啊?他心里这么想着,还未来得及从乳白色暖气片拿开的手马上感到这些铁疙瘩开始发热、烫手了,他急忙惊恐地把手挪开。

他的想法变成了现实,他马上意识到他有了一种改变现状的能力,而这种能力无疑来自西格佛雷德,否则无法解释他的这种新能力。

他想验证一下他的这种新能力是永久性的还是一次性的,是否偶尔才有和无法控制的。

他走进浴室,打开热水龙头,水是温温的。他想:让水变滚烫。水马上就变得滚烫了。

他继续着他的试验,在心里想:热水龙头里流出凉水来,凉水龙头里流出热水来。试验又成功了。

马太·帕维尔对自己获得的新能力欣喜若狂。现在他确信自己获得了新的能力,很想知道这些能力有多大。于是,一个疯狂的想法出现在他脑子里。他还对自己说,在没有付诸行动以前不要轻易放弃它。

他回到窗前,望着阴沉灰暗的天空。他凝视上天,默默念道:天空放晴。由于精力太集中,他的头感到一阵难以忍受的疼痛和眩晕。但是,他成功了,乌云慢慢散开,天空开始变得蔚蓝。

此刻,马太·帕维尔完全体会到了格拉汉姆·贝尔在一八七六年发明电话、安德烈·加纳林在一七九六年发明降落伞,还有阿尔弗雷德·诺贝尔在一八六七年发明炸药时的那种激动心情,他找到了如何解决一直困扰他的问题的方法。现在他知道如何摆脱意志消沉、萎靡不振的境地,知道如何和画家一起去诠释"以毒攻毒"这句老话。

他已经找到了答案,现在他有了西格佛雷德的能力,或许特奥多尔·布莱诺维奇也已获得了同样的能力。那么,从今往后,他们俩要好好利用这些能力,不再哭泣,不再害怕,不再对不寻常的处境感到惊讶,他们会勇敢地,甚至肆无忌惮地利用这些能力。

遗产受益者找到他的朋友,向他透露了他的发现,并鼓励他也试试,看看他有没有被赋予他发现的这种新能力,西格佛雷德的能力。

特奥多尔·布莱诺维奇先从简单的开始,慢慢地又进行了一些复杂的试验,一切都进行得很顺利。他不用碰到铅笔就把铅笔削了,用眼神把一根管子弄弯了,还改变了街上驶过的一辆汽车的颜色,推倒了一棵树,止住了一场雪,等等。

所有这些试验都成功之后,两个西格佛雷德的人像是通过了一场异常艰难的考试,会心地握了握手。他们做出了一个决定。他们决定做一次不寻常的旅行,去一些只在梦中能去,而实际上根本去不了的地方。旅行的方式还很特别:要试着飞着去。

第十七章

　　在计划出发的那天,他们一大早便醒来了,在饭店门前集合后,就朝市郊的小山丘走去。他们爬上了山坡的最高处,风很刺骨,他们感到有些冷。他们闭上眼,深深地吸一口气,纵身一跳,开始了旅行。

　　一开始,他们飞出几十米就会掉下去,慢慢地便可以滑行和上升了。他们已经感觉不到天气的恶劣:风越刮越紧,雨夹雪也慢慢变成了鹅毛大雪,但这些都没能影响他们。

　　当他们往下跳时,两人紧紧地拉着手,就像是跳伞运动员在进行令人眩晕的空中杂技表演一样。不同的只是,他们没有配备最后能打开、能保护他们的降落伞。

　　但是,他们发现,他们根本不需要降落伞。他们张开双臂,双臂很听话,运作自如,就像信天翁的大翅膀一样,帮助他们飞翔。他们惊愕地发现好像他们并不是刚刚才学会飞,而是本来就会,只是从来没有试过。现在,到达了一个令人难以置信的高度后,他们有宾至如归的感觉,甚至比在陆地上还自在。他们像孩子一样兴奋地大喊大叫,还不时地念出几句连他们自己都不知道出自哪位诗人的杰出诗句。他们做了一系列令人眩晕、匪夷所思的惊险动作:原地转圈、转弯、俯冲、拉升。怎么到现在才发现滑翔的美妙感觉呢?他们觉得以前没有飞行的这么些年都算白活了。怎么就没有早点,或者从一开始就想到用臂膀去飞翔、滑行呢?!就像狗第一次被放入水中不会淹死一样,他们到了天上,不仅没有掉下来,而且飞得相当精彩。比飞行还令他们快乐的是那种只要想，随时都能飞的感觉。他们突然意识到，到目前为止他们被引入了多大的歧途，他们的能力毫无疑问地被证实要比想象的强得多。什么空间、地心引力、距离、时间、速度都无关紧要，一切都被证实是些虚假、愚蠢的陈规。事实完全是另一码事，是那么美妙，毫无约束。

他们越飞越高，一点都不觉得疲倦，也没感到危险。

马太·帕维尔觉得该下去看看到了哪个国家，哪个城市。而他的朋友却还想这样漫无目的地飞翔，他还没有飞够呢。于是，他们松开手，分道而行。

马太·帕维尔飞了下去，来到了一片金色的海滩，海水很平静。他认出来了，他来过这里，来过。这里一定是希腊北部的斯达奇拉，没错，而这海应该是爱琴海。他踏入世界之始的干净海水中，太阳发出耀眼的光芒，如此好的天气令他吃惊。

从那里，几乎是一瞬间，还未等回味过来，马太·帕维尔又飞了几千公里，来到了佛罗伦萨的老式街道。那里是晚上，夜晚的城市灯火璀璨，人们正在狂欢。皇宫、教堂、阿尔诺河上的大桥都散发出神秘的光辉，如同金子或钻石建造的一般。各个小广场上挤满了欢乐的人群。化装舞会、燃放烟火，这里不分等级，人们相互拥抱、跳舞、唱歌，到处都能听到开启香槟酒的声音。马太·帕维尔闭上眼睛，他要把这美妙的场景，连同它们一切带有声音和色彩的景色、芳香和味道，以及无与伦比的内在能量永远、完整地存入大脑。

然后，马太·帕维尔又去了一个完全不同的地方，那是南部平原上的一个村庄。那里尘土飞扬，寂静异常。那时正值中午时分，天气十分炎热，连知了都停止了鸣叫。马太·帕维尔感到口干舌燥。这时，他发现了一口井，旁边放着个吊桶，但他却没有力气去拉绳子。井很深，井旁还躺着一条狗，也已渴得无力叫唤，甚至都站不起来了，只微微地半睁着眼。

马太·帕维尔毫无准备地又离开了那个地方，继续他的旅程。但令他吃惊的是，他去的所有地方都不是他自己选择的：巴黎、巴塞罗那、太平洋中的一个荒岛、维也纳的一个咖啡店、伊兹密尔的一个集市、澳大利亚的海滩、阿姆斯特丹的运河、维丁的一条步行街、布朗城堡。他还先后到了罗马尼亚的若干城市和地区：锡纳亚、锡吉什瓦拉、克鲁日和蒂米什瓦拉。然后，又去了西班牙的一个裸体浴场、德国的一个客栈、成了同一个巨大城市不同区域的布拉格—克拉约瓦—布达佩斯和下着倾盆大雨、回响着莫扎特音乐的萨尔茨堡，然后又是国内的一些充满悲壮魅力、让他激动得热泪盈眶的村庄和小城镇。

马太·帕维尔很容易地从一个地方转到另一个地方。他认为这就是他以后的生活了。但是，这个看起来好像永无止境的旅行却戛然而止。马太·帕维尔听到从他的左边很近的地方传来一个声音，就像是有人不小心打碎了一个装满东西的瓶子。刺耳的声音让马太·帕维尔很不舒服，他回过头。奇怪的是，他看到的是自己在乌云密布的佛尔谢特上空飞行的样子。不一会儿，马太·帕维尔发现自己到了画家曾带他去过的那个咖啡店。确实，这里，旁边的桌子，有人打碎了一个啤酒瓶。

马太·帕维尔拘谨地看看自己的衣服，它们无可挑剔，虽然经过了长途旅行，但它们既不湿，也没沾灰，是一尘不染，笔挺笔挺。他又偷偷地检查了自己的手臂，以确认它们是翅膀还是普通的胳膊。没有，什么变化都没有，他看上去和常人没有什么区别，从他身上看不到任何怪异的东西。一位女招待走了过来，问他想喝点什么。

这时，画家也出现在咖啡店里了。他也是满脸疑惑，当然，只有马太能注意到这一点。画家来到朋友的桌前，问道：

"哎，怎么样？"

"很好！你那里呢？"

"很好，非常棒！"布莱诺维奇会心地答道。

第十八章

　　两分钟意味着什么？是把一种食物放入微波炉加热所需的时间，或者，是正确地刷一次牙的时间；或者，是一个普通人能憋住呼吸的时间。

　　但是，对于马太·帕维尔来说，两分钟有着另一层含义。他在两分钟的时间里完成了一次探险、一次侦查、一次逃脱、一次出行、一次漫游、一次行程、一次充满惊险离奇的经历、一次开拓。

　　经过了顺利的飞行和空中遨游，其间，马太·帕维尔轻松地周游了大海和众多国家，他把自己关在饭店的房间里，回忆所发生的一切。他发现他这次空中旅行有个特点，那就是，所有他逗留过的城市或地区都是以前他去过，或者从书本杂志或电影里见到过的，或者在行前脑海里就有了印象的，并不是一些新的地方。因此，他这次旅行不是一次探访，而只是一次故地重游罢了。

　　不过，经过此次空间旅行，马太·帕维尔觉得应该再进行一次时间的旅行。于是，他鼓足勇气，准备进行比上次更为艰难的尝试。

　　他没有跟画家提及他的打算，因为每个人的生活经历不同。生命的结构和流逝具有个性化，所以他只能独自一人去完成。

　　他日夜默默而紧张地等待着，满心欢喜但又充满疑虑地等候着出发的时刻。当他认为是时候了（他内心深处有个模糊的东西，就像建筑物上的大时钟，准确地告诉他"现在该出发了"，他听从了这个陌生声音的指令），马太·帕维尔从椅子上站起来，向前迈了一步。

　　这一步准确无误地把他送到了一辆正在原野上闪电般疾驰的夜间

列车上。

马太·帕维尔发现自己在第一节车厢的过道里,他开始逆列车前进的方向往后面的车厢走。透过玻璃窗,他可以看见每个包厢里的旅客和他们的举动。

在第一个包厢里他看见了他自己,他并没有感到奇怪。相反,他感到是件很自然的事。他还愉快地、充满柔情地冲自己笑了笑。他还看见了索妮娅,他的第一任妻子,她坐在他的边上。自从她移居加拿大后再也没见过她。太好了,她回来了。现在他明白,他一直在思念她!索妮娅看上去很年轻,好像时间的流逝并没有给她留下印记。马上,他发现自己也很年轻,他们两个都还很年轻,刚刚结婚没几年。对,就在那天他们买了一台冰箱,他们在为此庆贺呢,他们在享用新买的冰箱冷冻的第一瓶葡萄酒。他都听见了他们碰杯的声音,杯子外面满是水雾,里面是金黄色的醇香冰凉的干葡萄酒。马太·帕维尔很想走进包厢,和他们一起享受这一欢乐的时刻。但是,他还是改变了主意,他不想去打扰他们。于是,他朝隔壁的包厢走去。这里他看到的还是他自己。他独自一人在布加勒斯特的大街上走着,焦虑不安,他在考虑从政府部门辞职的事。他坚信,他的生活失去了意义,他被现实搞得一团糟,被他所不能理解的历史所吞没,感到内心空虚。他觉得自己正坐在一辆毋庸置疑就要撞上一堵铁墙的汽车里,相撞的一刻马上就要到来。马太·帕维尔无法忍受包厢里那个被愚蠢的失望所打垮了的自己样子。他不想再当观众,他想去干预一下。他越过玻璃和金属隔断,冲了进去,好像这些玻璃和金属隔断都不存在一样。他对着那个自己嚷道:"别傻了,事情远没有结束。看看还会发生什么,你对此一无所知。"但是,另一个马太·帕维尔好像根本没听见。这时,马太·帕维尔抓住他的双肩,使劲摇晃,真心想帮助他,想把他从忧伤和荒谬的迷魂阵中解救出来。但是,另一个他好像还是不把他当回事,仍处在醉意蒙眬、似睡非睡的状态,像是鬼魂附身,根本不理会他,就像雷达不会理会一些飞行器一样,继续着自己的生活:

他回到布加勒斯特的家，一个年轻美貌的女子在那里等着他。马太·帕维尔起初没认出来，后来意识到那应该是卡尔拉，他的情人。不一会儿，另一个他开始和卡尔拉做爱。马太·帕维尔思量着他和卡尔拉都在想些什么，因此产生了一种奇怪的感觉，这感觉让他有一种说不出的不自在，于是，他匆匆地离开了这个包厢。

他从一节车厢跑到另一节车厢，不知道走了多少车厢，但还是看不到尽头，他感到很疲倦。在所有包厢里，他都能看见他从前的生活场景，断断续续，互不相关。不知不觉中，马太·帕维尔进入了自己的孩提时代。在接连几个包厢中，他撞见了那些令人局促不安和不体面的情形。本来他早已忘却，以为这些早已像星星消失在记忆的宇宙中一样荡然无存了，可现在目睹这些，他有种说不出的不自在，费了这么大劲想把它们隐藏起来，而它们却完好无损地保存着，现在又清晰地展现给他。他看见自己偷偷地抽烟；还看见自己在一个破旧不堪的厕所里第一次手淫；接着又看见自己从一个点心店的柜台里偷巧克力；又看见自己在农村，和一个比他大五六岁的堂姐睡在一张床上。她是个中学生，而他还是个小毛孩，他等着女孩睡着，发现她非常的诱人，便撩起她的睡衣，手掌顺着她光滑的腿肚子朝两腿之间那神秘的、热乎乎的地方摸去，一直触到阴毛。他非常兴奋，异样的快感使他战栗，他感觉到他那条变紧变旧了的睡裤慢慢湿透了。

看到这些不能泄露的隐私，马太·帕维尔几乎害羞得快喘不过气来。他经历的不只是羞耻，还有被激活了的掺杂着欲望和好奇的快感。

当孩提时代的他——一个可爱的小家伙——潜入商店窃取一根巧克力棒时，他很想制止他；他还试图爱抚一下他的堂姐。奇怪的是，这些人都好像没发现他一样，各自干着各自的事，而他也无法干预他们，他只是自由地穿行在他们中间，根本无法参与其中并影响他们。

从那里，他又走了一节又一节车厢。他在寻找着什么东西，这毫无疑问，但他不知道在找什么，他就像是在一本几百页的书中徒劳地寻找一句记忆模糊的句子，茫然不知所措。

在这次经历中最令他不愉快的是所有的那些人都看不见他。在他通过门窗或经过他们身旁时，他感到这些东西以及演绎他以前生活片段的人，或者他自己都不是实际存在的。这种状况不仅让他生气、愤怒，更令他发狂。但是，不一会儿，他就忘记了为什么生气，变得兴奋起来，又被自己以前这一段、那一段的生活片段所吸引，并陶醉其中。这些生活片断杂乱无章，根本不按年代顺序展开，却随意篡改：这些个他所遇见的"马太·帕维尔"，这些个他的复制品，重新演绎着他的生活片段，但又背离了他原来的生活轨迹，或者说，他们每个都各自演绎着他生活中的某个片段。它们相对独立、毫不相关，甚至有别于他的生活。他竭尽全力想作出一些必要的修正，企图引起他们的注意："不对，事情不是这样，而是那样的。"可是，一切都无济于事。他根本不被重视，他的意见没有引起注意。他就像个稻草人，一个布娃娃，或者说什么都不是。他们小看他，藐视他。最后，他只得放弃，不再抗争，任凭这些激动人心的片段演绎下去。他把这些发生在列车包厢里的令人惊诧、与他的真实生活千差万别的片段看作是从一辆卡车的拖斗里撒落到路边的种子，在那里不合时宜地发芽、生长，还长成了壮实的植物，有着茂密和粗壮的枝叶。

他被一种遗憾包围着，觉得自己被遗弃在这趟快车的车厢里。他觉得好像已经在这趟夜间行驶的快车上过了几十年、几辈子，他很想知道列车外面发生的事情。他有些着急，有些焦虑，觉得他一刻都不能再耽搁，他决定马上回去。他来到一节车厢的尽头，打开车门纵身跳进漆黑的夜幕中。

马太·帕维尔极度扩张的火车之行就这样结束了。这次旅行按照大家能理解和接受的时间只进行了两分钟。

第十九章

重温以前生活的成功旅行让马太·帕维尔激动不已。他完全陶醉于西格佛雷德赋予他的新能力和这些全新的视野。于是，他又有了新的愿望，而人的愿望一旦形成，就会变得越发不着边际。他想象出了更为大胆、更接近禁忌区的计划：探究他未来的生活。

为了这个计划，他作了精心的准备。主要还是意念上的训练：静静地坐上几个小时，对自己说，这个大胆的行动是可以实现的，这种预知未来的旅行，就如同打开一个绕着的线团一样，是允许的。他想冲破禁锢，打碎禁锢他，使他变得木然、无助的现在和未来的界限。

那是一个夜晚（正值一九九九年的除夕之夜，过了十二点），马太·帕维尔认为可以上路了。他待在旅馆的房间里，关掉了电话。外面飘着硕大的雪花，纷纷扬扬，大雪为他净化心灵提供了一个仪式。

马太·帕维尔闭上眼睛，出发了，但是，刚挪动第一步就惨遭失败。他又试了一次又一次，都以失败告终，只飘移了两三步，便回到原地，回到旅馆的房间里。他试图寻找那次瞬间中止的旅行的感觉，那就好像是在暗室中冲洗胶卷一样，底片上刚开始出现模糊的轮廓，马上又蒙上了一层纱，刚刚时隐时现的图像随即消失。

马太·帕维尔一直折腾到天亮，都没有成功。他第一次承认失败，放弃了这项计划。

从此，他结束了在西格佛雷德支配下的幽静、惬意的共处时光。自从探究未来生活的试验失败后，马太·帕维尔除了两次偶然的机会外,再也没有使用过他的超人能力。

第一次是在一个晚上,几个难民在一片空地上试图点燃一堆柴火取暖。马太·帕维尔走过他们身边时,发现他们实在没有成功的希望,怜悯之心油然而生。于是,他聚精会神地盯着那堆潮湿的柴火,火苗便一下子蹿了起来。

第二次是在一个商店里,一个淘气的小孩不小心碰倒了架子上一瓶昂贵的饮料。马太·帕维尔通过注视止住了瓶子的下落,并让它回到了原处。

放弃了飞行和一切来自西格佛雷德的新能力,前政府官员希望不再具备这些超自然的能力,就像忘记那些你不再去温习的诗句那样。他希望能远离、能摆脱西格佛雷德,重新成为一个渺小的人,一个没有特殊能力、不受这个黑暗统治者控制的人。

他不止一次地问自己:"好吧,可是为什么要放弃来自西格佛雷德的这些美妙的馈赠呢?"渐渐地,马太·帕维尔得到了一个日渐清晰的答案:自从他探究未来时光,哪怕只是未来几年、几天,甚至几小时、几分钟、几秒的企图失败后,遗产受益人明白了一点,他和西格佛雷德不一样。他重温并辨别着他和西格佛雷德关系的各个不同阶段。首先,当他在乌尔姆认识他时,他以一个老检察官的面目出现,那时他感到了一种惊讶和惧怕;然后,就是激动,一种毫不掩饰的兴奋,就像一个孩子意外收到一些别人没有的好玩具时的那种惊喜,根本就不再问它们值多少钱或是谁送的。尽管他从来不承认,但那时他把西格佛雷德当成了他的朋友、他的师傅和无所不能的神仙。

而现在进入了另外一个阶段,这种不一样的感觉很快变成了另外一种东西——马太·帕维尔开始感觉到对西格佛雷德越来越强烈的敌对情绪。慢慢地,他感到有责任起来反对这个西格佛雷德,因为他发现他已成了他最大的敌人、最大的危险。马太·帕维尔开始认识到他作为人类的弱点,尤其是在与西格佛雷德的力量作了对比以后。因此,他明白这场战斗必须从拒绝接受他那些慷慨的赐予开始。

马太·帕维尔几个星期内这种态度的转变使他陷入到了一种比在乌尔姆那几天还要强烈的失望和惊恐中,因为这种状态的出现有其十分清楚的原因。所以,它是更深层次的、无法挽回的,他认识到了他遇到的麻烦有多大。

前政府官员已下定决心与西格佛雷德抗争,但是如何行动,他一点主意都没有。他希望能从画家那里找到一种联盟。

自从那次疯狂的飞行后,他已很久没有去看望特奥多尔·布莱诺维奇。他给他打了电话。他想以画家作为一面镜子,看看他们的情况有多少相同之处或者有多少不同之处,想看看特奥多尔·布莱诺维奇是否也对西格佛雷德产生了抗拒和敌对情绪。

就在当天和接下来的几天,他给他打了好几次电话,都没找到他。他还去画室找过他,画室关着,家里也没有人。后来一位邻居告诉他,他的外婆回农村了,而画家先生几个星期以前就去了贝尔格莱德或者黑山,去办画展了,不过也该回来了。

于是,布加勒斯特人在他的信箱里留下了一张纸条:"回来后,去找我!马太·帕维尔。"

过了三天,马太·帕维尔旅馆房间里的电话响了。是画家打来的,说他在楼下的咖啡厅里等他。

"怎么样?揭幕仪式都成功吗?"前政府官员用中性的口吻问道,眼睛直盯着他,希望能从对方的脸上或眼中猜出他目前的状态。

特奥多尔·布莱诺维奇看上去好像比原先高了些,尽管已入冬,但他还是穿着他那件永不离身的风衣,显得很不合时宜。他摆了摆手,意思是说这并不重要:

"其实画展只是个借口,就几天时间。我是去找我的妻子和吉娜的,没有她们我的生活毫无意义。我感到我在被分化、不再存在,只是佯装活着。"

马太·帕维尔有意转移了话题。

"您有没有再尝试飞翔?"他笑着问道,心里想,如果邻桌的人听到他这么自然的问话,一定会以为他们是两个神经不正常的人。

"没有,没有。"画家对这个一点也不令他愉快的问题感到有些恼怒,"没有,一想到这个西格佛雷德,而且还离我这么近,就像是个噩梦。我受够了这个西格佛雷德,我能做的就是离他远远的,确切地说,就是尽量离他远点。因为我明白,如果他要控制我、摆布我,我是没处躲藏的。我对这两个女人这种病态的、心理上的依恋都是因为他,所有的灾难也都是由他而起。"

"但是我们还是可以做些什么的,我们可以与他抗争。"马太·帕维尔说道,心里对如何抗争也没底。

画家睁大了眼睛看着他,充满了期待,就像一个得了绝症的病人听到医生告诉他,他的病已经有了对症的药一样。

这双膨胀、充满泪水和祈求的眼睛给了马太·帕维尔灵感,让他说出了连他自己到那一刻为止都没想过的话,为此,他也感到很惊讶:

"我认为我们应该去卡拉法特寻找第三个受西格佛雷德控制的人,弗拉蒂米尔·杜米内亚工程师。我想,凭我们三个人的经验,一定能想出一个办法,如果还有办法的话。"

"您认为行吗?"画家用微弱的声音满是疑惑地重复道。他惧怕死,因为西格佛雷德肯定能听见他们的话,他都能猜到他们心中最隐秘的想法,更何况是他们在一个咖啡厅里谈论如何对抗他。

第二十章

他们在做出了去找弗拉蒂米尔·杜米内亚的决定后，分了手。但是，他们没有商定出发的时间和方式。

接下来的几天里，马太·帕维尔想，应该象征性地做点什么，以表示与西格佛雷德的决裂。他想最好的方式就是销毁那份不成功的关于权力和力量的手稿。这是与西格佛雷德最直接的联系，它确认了他和西格佛雷德的臣属关系和附庸关系。

于是，他翻看了那些写有热情洋溢句子的纸张，认为除了在乌尔姆和西格佛雷德见面后写下的结论性句子的那最后一页，都没有保留价值。前政府官员念道："唯一能真正进行权力和力量讨论的领域是精神上的，那里撒旦和上帝以及耶稣正进行着根本的冲突。"紧接着是："每个人都有一个鬼神。"还有："我们内心都有一个末日。世界末日在我们看来也不再是一连串骇人听闻的外部事情，看得见的灾难，而是一串无止境的内部裂变和内心的堕落。"

他通读完这些笔记后，觉得有必要更简短明了地重新描述生活着的帝国："世界末日已经开始，并正在进行中。只是不发生在表面，在我们的视线内，而发生在我们内心。不可抗拒的灾难是'内心的'，因此，我们意识不到正在经历的末日。"

他把最后一页纸折起来，放进口袋。他想把其余的全都撕碎，但没有成功。那些纸好像都变成了有弹力的材料：他把它们揉成团，可是，它们马上又都恢复了原样；他想把它们烧毁，却又点不着。马太·帕维尔并没有惊慌，甚至都没感到惊讶。他知道，这是西格佛雷德在捣鬼，他已习惯了这些。最后，他把手稿扔到了街上的垃圾桶里。他提醒自己："既然已经决定不走他的那条路，首先必须拒绝西格佛雷德的施舍，躲避来自他的一切。"

既然这是与西格佛雷德决裂的前提条件之一，他觉得应该与画家分享他的想法，和他商讨对付他们可怕的对手的原则。因此，当马太·帕维尔听到敲门声打开门，看见外面站着的是特奥多尔·布莱诺维奇时，显得非常高兴。

"您好，特奥多尔先生！我正想去找您。"前政府官员和他打招呼，"我想告诉您一件我认为在我们制定与西格佛雷德抗争的策略时很重要的事情。您要小心，不要再上他的当，不要再被他的承诺所诱惑，不要再接受他看似很具诱惑力的施舍。"

"我知道，我也是这么想的。但是，要区分哪些是来自他的，哪些不是，可也没那么简单，经常会搞错，会上当。就现在，我就有一件很难区分的事情。如果您跟我去一趟画室，我会让您看一件不可思议的事情。我画中的那个天使怀孕了。她在画中，但是，令人惊奇的是，她的肚子一天天地在大起来，鼓起来。"

"特奥多尔先生，我这就跟您去。但是我认为，这肯定不是奇迹。天使没有性别，不会生孩子，这又是西格佛雷德一个过分的戏法。"

赶到画室时，他们发现天使并没有在画中。

"她总是消失，她在汽车旅馆租了一个房间。她现在肯定在那里。"画家慌乱地解释道。

他们赶往那家旅馆。正如他们猜测的那样，他们在七号房间发现了她，她正赤身裸体，以一个不可思议的姿势和三个男人做爱。他们每个人分别从上面、下面和后面进入了她的身体。床头柜上横倒着一个一升装的伏特加空瓶子。地毯上胡乱地扔着几件男人的衣服——都是军装。其中一个面相粗鲁的男人呻吟着干完了事。天使抹去脸上热乎乎黏稠的白色刺鼻液体。她的脸上一副满足，变得前所未有的美丽。她的肚子确实有点圆鼓鼓的，这使她越发散发着诱人的气息。发

现有新来的后,她笑着冲他们嚷着:

"快来,别跟假正经的女人似的站着,别装纯洁,装圣人了。你们也快过来吧。你我都清楚,你们也馋得不行了。快过来吧,我会给你们找个地方的。"

他们惊愕地踮着脚尖,退了出来,留下那个画中的人物在那里胡作非为或任人摆布。

旅馆里的这一幕促使他们很快做出最后的决定:他们必须马上出发,赶快逃离,以摆脱这个噩梦。到哪里都行,但绝对不能再留在这里!

他们两个患难弟兄,被一种庞大的错乱所控制,心中萌生出比死还可怕的恐惧感。他们急忙简单地收拾了一下行李。马太·帕维尔把许多衣服都留在了旅馆里,还有那些用来写那篇没用的论文的参考书。他气愤地把它们全扔掉了,与手稿一样,它们揭示着他与西格佛雷德无可争辩的联系。然后,他们想租一辆车上路。画家的一位熟人,一个塞尔维亚人,愿意以三千马克把车卖给他们。双方一拍即合。但当马太·帕维尔打开钱包拿钱时,发现那些纸币变成了一叠撕碎了的报纸。他笑了笑。不能说他已经预料到这种可能,但不管怎样,他并未对此感到吃惊。他应该想到,这是西格佛雷德惯用的手法。

最后,他们终于在那天的清晨,开着画家外甥那吱吱嘎嘎作响的破车,也就是那辆去过特奥多尔妈妈故乡的旧车,离开了佛尔谢特。

马太·帕维尔毫无顾忌地把油门踩到了底。他们想尽快离开这个小城,在他们眼里,这里是西格佛雷德大获全胜的地方。

第二十一章

但是,这并不是一辆跑车,而只是一辆破车,以这样的极速只驶出几公里,便在发出嗒嗒几声后熄了火,再也不走了。发动机冒出了呛人的烟。他们把车推到路边,锁上门,确认不会起火后,回到了城里。他们来到布莱诺维奇的家,因为前政府官员再也无法忍受住在旅馆里。在他看来,那就是西格佛雷德的房子。

路上,他们去了一趟布莱诺维奇外甥的家,把他从睡梦中叫醒,告诉他车坏了的消息。睡意蒙眬的他没有因此而不悦,反而请求他们原谅,说他的破车给他们带来了麻烦,并答应会设法解决,他会去修,会安排好一切,这样明天他们就可以使用。

稍稍平静些后,他们朝画家的房子走去。还没等进院子,他们就发现门口停着一辆崭新的日本越野车,车里一位先生正等着画家。

"特奥多尔先生,早上好。我有事找您。我叫斯洛博丹。"来人用塞语对画家说着,从豪华轿车里走出来。

画家朝着自称是斯洛博丹的人迎了上去。或许他脸上的恐惧和疑惑,使得来人满脸堆笑地解释道:

"不用担心,我没有恶意。"

三个人一起走进屋子。塞尔维亚人手里拎着一个手提箱。他们分别在客厅的椅子和沙发上坐下,特奥多尔疑惑地看着来人,心想:他找我干什么?

斯洛博丹以十足的诚恳作了介绍:他已圆了人生所有的梦想。波斯尼亚战争时他做过生意,都不是些干净的买卖,倒卖过军火,还倒卖过石油，发了横财。现在在瑞士银行有存款，在希腊和马洛卡岛的帕尔玛等地都有别墅。要什么有什么，还有自己的军队。但是唯独缺少了一样东西，他失去了母亲。他母亲在科索沃的一个小村庄里惨遭阿尔巴尼亚人杀害，他无法接受失去她的事实，他要她回来。为了这个，多少钱他都愿意出。所以他来找布莱诺维奇，是科索沃红十字会的一名德国医生让他来找他的。那人有些瘸，留着白胡子，他悄悄告诉他说，布莱诺维奇和他的罗马尼亚朋友能让他母亲复活。

斯洛博丹像个孩子一样央求他们，不断地重复着"把妈妈给我带回来，把妈妈给我带回来"。他打开手提箱，里面装满了面值一百马克的钞票。他把钱撒得满屋都是，跪在地上哀求。画家开始以为遇到了一个疯子或醉鬼，后来，听他说到一个瘸子医生，脑子里闪过一个念头，一定又是西格佛雷德。他急忙告诉马太·帕维尔他们的谈话内容。这位的确在关注着这一幕，但自然不明白斯洛博丹用急速的塞语说的独白。

听完了布莱诺维奇的转述，马太·帕维尔小声地说道："西格佛雷德！"

"西格佛雷德，对，对。"斯洛博丹又用塞语惊叫起来，"他们就这么称呼这位德国医生的，你们怎么知道他的名字？"

画家耸了耸肩，不知如何应答。马太·帕维尔不等翻译也明白了问话的意思，他平静地答道：

"西格佛雷德是我们的朋友、合作伙伴。他喜欢恶作剧，喜欢作弄人，喜欢开玩笑，有时开的玩笑毫无意义，就像跟你开的这个玩笑。我和布莱诺维奇谁都没有让死人复活的能力，没有。特奥多尔先生，您给翻译一下。"

画家面对窘境不知所措，他惊恐万分，怀疑斯洛博丹不会相信他，他把帕维尔的话翻译了过去。果然，斯洛博丹将信将疑，他固执地用塞语低声哭诉着：

"我要妈妈回来，我要她活着回来。"

前政府官员表现出了连他自己也难以相信的镇静,他随即想出了一个说服塞尔维亚人的办法。他告诉他如果他和特奥多尔·布莱诺维奇能让死者起死回生,那么他们就是超人,不怕死也不怕疼。如果是这样,即使他在胳膊上划上一刀,也不会感到疼痛,不会流血。他现在就做试验,如果刀口出血,那么斯洛博丹必须相信他们两个都只是普通的人,在死亡面前也无能为力。斯洛博丹同意了他的提议。

马太·帕维尔向画家要了一把刀。这正好或者尤其对他来说也是一个重要的测试:检验一下他现在是否已远离西格佛雷德,是否不再受他的控制。

马太·帕维尔一边注视着塞尔维亚人,一边举起了刀,用那闪着银光的锋利的刀刃在手臂上划了一下。

"啊!"随着一声叫喊,浓浓的鲜血流了出来。

看见血,斯洛博丹立刻放弃了,他又像个悲痛欲绝的孩子似的跪了下去,开始小声哭泣。

"你们说得对,你们说得对。你们也只是一些可怜的小人物,那个医生骗了我,你们也不能把我死去的母亲找回来。"他用塞语说着。

特奥多尔·布莱诺维奇正想翻译斯洛博丹的话,马太·帕维尔打了个手势让他别出声,虽然他听不懂,但已经明白了。前政府官员很高兴,经过了这么长的时间,他终于看到了一线希望:血管里流出的血和巨大的疼痛感向他表明,他们还有救,他们还有机会挣脱西格佛雷德的这个枷锁,西格佛雷德的奴役和他的束缚不是不可抗拒的。尽管他们全然不知道该怎么做,但是,他们还有出路,还没完全走到绝路。

马太·帕维尔开始把散落在房间里的钱捡起来放回手提箱里,他现在呈现的是另外一种表情,充满了激情,纵然一副获得了新的力量的样子。受同伴情绪的影响,或许是满足于试验的结果,画家也过来和他一起捡钱,好像是在举行一种仪式。

不一会儿,斯洛博丹几近崩溃、筋疲力尽地离去,手里仍然拎着那一箱被证明毫无用处的钱。

现在，他们两个对与西格佛雷德斗争有了信心，认为这场争斗并不是百分之百地已成定局。

第二天一大早，他们又开着那辆车上了路。画家的外甥已经把它修理好，打理干净。

第二十二章

他们在边境遇到了麻烦。由于科索沃战争和罗马尼亚向北约提供的帮助,两国的关系降到了冰点。数十个做小买卖的商人从前一天晚上起就一直徒劳地在那里等候过境了。

他们也在那里无望地等了几个小时,看不到一点好转的迹象。一位海关人员还劝他们回去,说他们过不了境。他们把这个麻烦看作是该死的西格佛雷德对他们的惩罚和禁锢。

快到中午时,离开这块不祥之地的门奇迹般地为他们打开了。领班的换成了贝尔格莱德边防军的一位少校军官。他认出了特奥多尔·布莱诺维奇。他的女儿是绘画专业的学生,画家的热情崇拜者,所以,他违规操作,让他们过去了。

过了边境,他们头也不回地继续赶路,他们想起了俄耳甫斯离开哈得斯地府时的情景。他们经奥拉维察、阿尼纳和博佐维奇翻过了山。崎岖蜿蜒的公路路况很差,非常难走,处处都是危险的弯道。他们小心翼翼、不紧不慢地向前行驶着,想象着西格佛雷德在注视并跟踪着他们,但是,他的存在已经不再像在佛尔谢特时那样对他们产生很大的压力。不管怎么说,他们开始在慢慢远离他,他们要离他再远点,再远点。

一过伯伊莱海尔库拉内,公路就被封了。交通因路面坍塌或施工而中断。一位身穿橘黄色工作服的人挥动着小红旗,引导车辆从特尔古日乌方向绕行。他们也毫不犹豫地开上了这条道,重要的是要离开佛尔谢特,这对他们来说有着重要的意义,意味着能远离西格佛雷德，什么时候能赶到卡拉法特已不再重要，今天或明天，都无所谓。

在佩什蒂纳什的一所小学旁，他们拉了一个搭车的，是位退休教师，要去特尔古日乌的一家印刷厂推荐他用一生写就的书。刚开始，他们怀疑地观察着他：会不会是西格佛雷德派来的？慢慢地，他赢得了他们的信任。这是个令人快活且开朗的人，对当地很熟悉，一路上向他们介绍了当地许多鲜为人知的事情。他不停地说着。他说话的方式很特别，不让人厌烦，相反让他们很舒服。他的叙述犹如吹拂的清风或静心养神的乐曲。

退休教师提醒他们说，这条道一直沿着四十五度纬度线走，正好位于赤道和北极的中间。如果他们说是从南斯拉夫过来，那么当他们路过奥拉维察和梅哈迪亚时，也正好处在纬度四十五度的平衡点上。这条线路经过特尔古日乌和普洛耶什蒂，到达多瑙河三角洲。因此，这里白天和黑夜的交替分配非常适合人的生活。他们现在走的是一条由西向东的路，是一条平衡的路，也是罗马尼亚的文明之路，它垂直于另一条由北向南、牧民们季节性迁徙过程中翻山越岭时选用的中轴路。它带来活力，促成物质交换。再说他们现在走的这条路，这是罗马尼亚的灵魂之路，是一条沿着喀尔巴阡山脉，跨越丘陵，既有平原，又有山谷的高低起伏的路，体现了栖息在这里的人们的秉性，恰似正弦曲线有升有降。在这条路上建有许多修道院，保存了对上帝足够的爱戴，培育了爱思考、热衷表达、热爱色彩的人们。最先的画家、编年史家、印刷所和图书馆都落脚在这里的修道院。

事实上，这位退休教师很平庸，但是他的谈吐对马太·帕维尔却产生了积极的效果。虽然经过了长途跋涉，但马太·帕维尔丝毫未感到疲劳。可退休教师的这番讲述却让画家听得昏昏欲睡，特奥多尔·布莱诺维奇坐在副驾驶座上睡着了，他表情宁静，没有了往日困扰他的那种恐慌。

到达特尔古日乌后，爱讲故事的退休教师下了车，向他们表示了由衷的感谢，使两位逃亡者感到一丝遗憾。

尽管教师跟他们解释得非常清楚,在出城市时他们还是迷了路。天色渐晚,慢慢降落的夜幕使他们无法辨认路标(假如还有路标,而且它们的指示是准确的话)。不管怎么说,原本应该向南,走去克拉约瓦方向的,结果他们一直往东开去。等他们发现走错,为时已晚,都已开出去二三十公里。于是他们决定继续往前,想先找个旅馆过夜。这一天太过漫长,太过紧张,与前一天和前几天没有差别,所以他们突然感到筋疲力尽,好像有人在他们身上嵌入了石块。

他们所经过的村庄都笼罩在一片黑暗和沉睡之中,因此,他们对找到一个合适的地方过夜没抱多大希望。几十分钟之后,他们来到了一个无论从街景、照明到建筑物都比较像样的地方。在一个路口,他们向一个年轻人打听附近有没有旅馆。对方告诉他们,再往前一点,路右边有一家。

他们很快就找到了一家看上去像旅馆的房子。可不是,正面的霓虹灯打着大大的几个字母"M TEL",只是中间少了一个字母"O"。

他们泊好车,走进这所只靠几盏小灯泡照明的昏暗的房子。整个底层是一个大厅,作饭店用。在几张简易的木桌子旁,围坐着不少顾客,都是好啤酒的主。一位身穿洗得发白了的衬衣、黑色裙子和背心的女招待向他们走来,问他们要点什么。"一间能过夜的房间。"女招待很遗憾地告诉他们,饭店开着,而旅馆却因顾客太少亏损而关张了。她给了他们一个建议:出小镇几公里,左面有一条去修道院的路。那里有给迷途的路人和想静心修身的人准备的房间。

女招待的指点被证实非常管用。他们到了修道院,找到了住处。一位修女领他们看了房间,里面一色的白,很整洁,有一个衣柜,两张硬垫子的床,一个洗手池,一张桌子和两张凳子等简单家具。

马太·帕维尔和画家来到车上取下行李。画家在后座上发现了肯定不属于他们的文件夹。毫无疑问,那是退休教师遗忘在那里的。

住下后,经简单洗漱,两人便各自躺在自己的床上。特奥多尔·

布莱诺维奇打开文件夹，好奇地翻着那书写工整的一页页纸。

看到画家对在车上找到的手稿如此感兴趣，马太·帕维尔问道：

"您在看什么？"

"应该是教师写给出版社的关于他的书的梗概。书名叫《处在十字路口的国家》，教师叫……我不知道他叫什么，他前后都没有签名。"

特奥多尔·布莱诺维奇从床上下来，打开水龙头，让水流了一会儿，然后接满一杯，喝了一半。他坐到凳子上，开始大声地念着小品文爱好者写的文章：

> 如果从空中俯视我们的国家，它是块圆形的土地，正好位于欧洲的中心（世界上几乎没有任何一个国家能像古达契亚那样有如此对称和完整的国土），位于赤道和北极等距离间的四十五度纬线，穿过我们的国土，与二十五度经线相交。这条格林尼治线正好把我们的国土和欧洲大陆一分为二。这条经线连接北角和欧洲最南端的克里特岛，经过我国的佛格拉什、肯普隆和姆斯切尔。
>
> 我这里提出的理论其实想表明，我们的国家位于真正的欧洲，也就是西欧的最东端。因此，我们不能把乌拉尔看作是欧洲和亚洲的分界线，它的分界线应该是德涅斯特河。这条线应该从多瑙河入海口开始，一直到波罗的海的里加湾。
>
> 我的这些见解是基于各种论据之上，在我向你们推荐的《处在十字路口的国家》的书中，从各个角度全面阐述了这些论据，也就是从地质物理结构、气候与植被、人种和历史、贸易交往和思想理念等多个角度。我在论文中对这些论点进行了科学的论证，这里只做个简单的陈述：
>
> 假如我们仔细研究一下地壳的结构，就会发现人们熟知的欧洲，也就是地图上常规的欧洲，分为两个完全不同的部分。以我

国为界，德涅斯特河以东到亚洲的中心是一马平川，而德涅斯特河以西到直布罗陀，地形复杂：有丘陵、高原和山脉。这两个地区（西欧，真正的欧洲和那些我极力想表明它们属于亚洲的地区）的地貌因为古时不同的地壳运动而完全不同。德涅斯特河以东地区，地表结构表明它一直处于比较平静的状态（大海几次渗出，淹没了陆地和沙滩，层层堆积的冲积物，在地表深处形成了如同一堆堆码放整齐的木条或一本书的纸张那样的原野）。而德涅斯特河以西地区，地壳不停地运动变化，褶皱起成山脉和丘陵，下沉形成大海、海湾和平原。

这两地的气候也截然不同。因此，可以说我国境内存在两种气候的对抗：一种来自东面的寒冷气候（带着冬季凌厉的寒风，袭扰没有山脉遮挡、任凭来自北冰洋的寒流肆虐的平川。寒冷的东北风能直达多瑙河和喀尔巴阡山之间的东部和南部平原）。另一种为地中海温和的气候。这些特征在奥尔特尼亚和巴纳特尤为明显，从大西洋和地中海吹来的暖风，使地中海特有的植物甜栗、丁香、玉兰，甚至无花果和柠檬，很适合在卡拉法特和伯伊莱海尔库拉内生长。

就连需要一个漫长潮湿夏季（至少五个月的夏天）的山毛榉，这一欧洲森林中的美丽树种，也只在我们国家和以西地区才有，再往东就见不到了，那里只有针茅。这就是世界变化的信号，针茅属于草原地区。

这里我就举这些例子，在书中我会详细地阐述所有的理由、论点和证据，并通过它们之间的逻辑推理得出以下结论：我们的国家是个处在十字路口的国家。

特奥多尔·布莱诺维奇把稿纸放到桌上，喝完了杯中剩余的水。马太·帕维尔不喜欢这种优先主义型的思想。一九八九年前这种思潮影响了某些类型的知识分子、官员和机关工作人员。为地方主义辩护和罗马尼亚优先是当时的思潮，罗马尼亚被认定是一块受到特殊照顾的地方（即使是坏事也一样，它是一方被牺牲了的地域）。罗马尼亚是中心，地球的中心，是不同文化的交织点，是连接东方和西方、南方和北方、天主教和东正教的桥梁，等等等等。前政府官员从教师的手稿中品味出了这种思潮的余音。但是里面有些观点还是值得称赞，并吸引了他。由于所列举的事例都局限于科学、物理和地理领域，而得出的结论也仅仅是一个地理概念上的十字路口，没有涉及那些得出夸张和荒谬结果的学术思辨，在这种情况下，教师的理论还是值得保留和可以接受的。那么，教师的主张是什么呢？是想说这个国家地处交叉路口，是一个地理变化显著的地区，仅此而已。

"他怎么把手稿忘了呢？"马太·帕维尔说着，没有再对听到的内容作任何评论，"我们也没法还给他。"

一会儿，他们便躺下，关了灯。两个人都在黑暗中睁着眼，知道对方也没睡着，但都假装不知道。

他们谁也没有再说话，但是他们的思绪却都回到了同一个顽固的念头：如何从西格佛雷德的禁锢中逃脱，或者说逃脱他的庇护。这种庇护无处不在，有外部的、表面的，还有在被围困的心里，尤其是内心的。

马太·帕维尔先睡着了。画家听见了他轻轻的鼾声。这种平时会让他烦躁的单调的声音，现在反而给了他勇气，因为这是生命的正常的声音，这声音也帮他慢慢进入了梦乡。

第二天早上，他们心情好了许多。春天的阳光把一切都抹上了神秘的色彩，犹如创世之初的洁净。在晨曦下，他们看清了自己所处的位置，那是个神话般的地方。

特奥多尔·布莱诺维奇坚持要参观一下修道院教堂里的壁画。马太·帕维尔就在房间等他。他发现每个床头柜上都放着一本封面上写着《新约》的书，前政府官员想起了这和乌尔姆旅馆里的一模一样。要是以前，他总会把书推到一边，认为没什么用处。现在，他打开书，读了起来：

> 船已经离岸很远，因风向不顺在海中被海浪击打着。
> 夜里四更天，耶稣在海面上走，朝他的门徒那里走去。
> 门徒们看见他在海上行走，非常战兢，说："是个鬼怪！"便害怕地叫了起来。
> 耶稣连忙对他们喊话："是我，你们放心，不要怕。"
> "主啊，如果是你，请你让我从水面上走到你那里去！"彼得答道。
> "过来吧！"耶稣对他说。于是，彼得下了船，在水面上走，要到耶稣那里去。
> 但看见风如此之大，有些害怕，脚尖便往下沉，他惊叫起来："主啊，快救我！"
> 耶稣立刻伸出手，拉住了他，对他说："你这小信的人哪，为什么疑惑呢？"

画家走进房间，马太·帕维尔停止了阅读。

"我看完了，我们可以走了！"特奥多尔·布莱诺维奇说，"我看的这些画真迷人，都是大师……这里珍藏着很多珍品，真的，不是闹着玩的。"

"我也好了！"马太·帕维尔答道，小心地把书放回原处。

他为马上要离开这个如此宁静和受庇护的地方感到可惜，同样也为自己不知因何直到现在才偶然而又浮浅地读到这本现在在他看来值得一读，而且值得反复读的书而感到些许遗憾。

他们拿起行李，朝汽车走去。车还没有启动，马太·帕维尔正在预热发动机，此时，前一天晚上迎接他们的修女朝他们跑过来。

她脸部的皮肤出奇地白，因为着急，脸颊红红的。她温柔地跟他们说：

"你们忘了拿这个了。这是我们给每一位客人的礼物。"

她递给他们一人一本《新约》，微笑着与他们分手。修女的微笑和这两位逃亡者的微笑的含义完全不同。

一条幽静的小溪流经这一建有修道院村庄的边上，两岸绿树成荫，忧伤的柳叶垂落在平静得令人眩晕的清澈水面上，还有木桥和一群群的鸭子。

走出没多远，两人就想停下来好好欣赏这难得的风景。他们下了车，踩踏在嫩绿、稠密、干净、犹如一块厚地毯的草坪上，深深地用胸腔吮吸着空气。马太·帕维尔向神奇的开阔地望去，忽然，似乎觉得在开满果树花朵的丘陵脚下，看见了伊韦斯，那个迷失的法国人。他在给一群孩子弹奏里拉。前政府官员有些震惊，他想证实是否是幻觉，便对画家说：

"您是否和我一样也看见前面有个男人，身边围着一群孩子？"

"当然看见了。"特奥多尔·布莱诺维奇语气坚定。

"走，我们也到那里去。"

车子无法直接开过去，他们只得从乡间小道绕过去，这样就耽搁了一点时间。等他们赶到那里，已为时太晚，伊韦斯和孩子们都不见了。

马太·帕维尔微笑着说：

"我就知道会是这样的。"

然后，他就跟同伴解释道：

"伊韦斯，一个弹里拉的，是个很特别的人，我去年认识他的。我见过他一次，跟他聊过。从那以后他总是如幻觉似的出现在我的面前，每当我想接近他，他就消失，好像他不生活在我们的这个世界里。"

画家一点也没表现出惊讶。

"或许他就不属于这个世界。"他说，"我在绘画中也用这种手法，引入一个与原画色系不同的视觉元素，一种异样的、不同于视觉逻辑的东西，一条神秘的缝隙，一扇通往其他有着不同生存规则区域的大门。要知道，这样的效果很强烈。或许生活模仿了艺术，也运用了同样的方式。"

第二十三章

在他们赶往卡拉法特的四五个小时中，画家表现出从未有过的安详，在西格佛雷德出现以前，他就是个惶恐不安、备受磨难、承受着无数个难以解脱的生活悲剧的人。现在他一直不停地在自言自语，给人的印象是不管他的患难兄弟是否在听，对他来说都无关紧要。他已不知多少次讲述他的双重感情故事：他承认，他不得不承认，尽管到目前为止他一直怀疑这是真的，但还是不得不接受，他承认这两个女人最终离开他很自然，他妻子和吉娜最终都单独过了。他试着把自己一分为二，同时以两个不同的身份生活被证实完全是狂想，是不可能的。现在，这种轻率的企图所产生的疲惫压迫着他。他被对这两个女人的爱搞得精疲力竭，便逃之夭夭。他受够了，这段经历已把他耗尽。在某种程度上，现在的他已是个被遗弃、被毁灭的人，他已不属于任何人，如果不算上西格佛雷德的话，但那是另外一件事。现在，没有事情能触动他，就像已经死过一回的人，对第二次死亡无动于衷一样。因此，他现在能松口气，感到从未有过的自由自在。天哪，那是一段多么疯狂的时光，他居然想同时以两种方式生活，想同时全身心地与两个完全不同的女人（吉娜和他妻子）生活。他希望能把两者合为一体，而不背叛任何一方，那真是荒唐，太荒唐了。他奇怪怎么坚持下来的，怎么没把他撕成两半，没把他碾成碎片。

马太·帕维尔确实没在听特奥多尔·布莱诺维奇的自我忏悔，其实那确实也不是对他说的。他意识到，画家在对自己说话，在理清自己的思路。

前政府官员专心地开着车，全身心地关注着颤颤巍巍、随时都有可能把他们搁在半路上的发动机。但所有这些迹象不但没有影响他，反而让他产生了一种安全感，他把这些看作是西格佛雷德存在的程度。如果一切都很顺利，那意味着他们这次旅行是西格佛雷德安排的，受他的控制。反之，出现这些人类都会碰到的很正常的问题、事故和障碍，则意味着西格佛雷德的影响在减弱，他们俩在慢慢逃离和摆脱他，而卡拉法特之行是一趟反西格佛雷德的旅行，是一条战胜西格佛雷德的路，是一次听从他们意愿，而非黑暗统治者意愿的旅行。因此，它们给了马太·帕维尔希望，让他满足。他从未像现在那么兴奋地发现他们的汽车是那么不好使，他们的车快没汽油了，而路上见不到加油站，路面坑坑洼洼几乎不能行车。

刚过正午，他们就赶到了位于多瑙河畔的小城卡拉法特附近，他们没有急于进城。马太·帕维尔提醒画家，他在这里有所房子，他们必须绕过它，因为房子是西格佛雷德给他的。

在一个岔道口，他们右转，走上一条比刚才还糟糕的路，朝城堡方向开去。他们的目标是尽快见到工程师，以便三个受西格佛雷德控制的人一起商讨对策。所以，他们直奔弗拉蒂米尔·杜米内亚在河边的房子。他们坚信，在这样一个明媚的春天，他一定会在那里休养生息。

在一个名为马戈拉维特的小村子，他们看到了一块小小的木制指示牌，指示着修道院的方向。于是，他们离开了柏油马路，开上了一条由马车轮子碾成的小路。小道陡峭，满是尘土，把他们带到了一片林子里。他们沿着崎岖的山路，穿行在高耸、挺拔、茂密的树林间。尽管林间小道纵横交错，他们还是很顺利地找到了位于岸边的那幢气派的别墅。

当他们看到那宏伟的建筑和维护得很精细的大大的花园时，特奥多尔·布莱诺维奇惊叹道：

"真气派!"

马太·帕维尔觉得这里与他上次来时有些不一样,但却看不出有哪些变化。他们走下那寒酸的、但完成了使命的汽车,朝大门走去。

"围栏!"马太·帕维尔大声叫道,他突然发现了变化的所在,"我上次来时没有这个铁丝网围栏。"

现在,这所房子被高高的、亮闪闪的铁丝网围了起来,顶端还装有铁刺。

四下里见不到一个人影。

马太·帕维尔喊道:

"工程师先生!"

从房子后面的某个地方窜出两条身材高大、有着黑色长毛的狗,一边狂叫着,一边气势汹汹地朝他们跑过来。很快走出来一个有着田径运动员身材、穿着黑色门卫制服、腰间别着手枪的人,他傲慢地朝他们走了过来,对这两位不速之客表现出明显的不满。

"您好。我们找弗拉蒂米尔·杜米内亚先生。"马太·帕维尔说道。

看门人铁青着一张脸,态度生硬,极不友好。当他明白了这两个可怜兮兮的人的意图后,心想自己的猜测没错,这两个家伙真是消息不灵通,徒劳地打搅了他。

"这里再也找不到什么杜米内亚先生了,换主人了。有人买下了这幢别墅。"他粗暴地答道。

"请问哪儿能找到他?"马太·帕维尔坚持着。

看门人耸了耸肩:

"反正这里没有。"

然后,他叫上那两条已经停止嚎叫的凶巴巴的狗,带着它们走了。

两位逃亡者不知所措地站在那里:现在该怎么办?一切都看似太简单了,障碍开始出现了。然而,就他们的处境,难道不正常吗?哪能如此轻而易举就摆脱掉西格佛雷德呢？

他们决定到城里去找工程师，他在那里有一套住房。

但是，卡拉法特城里的那套房子，现在也住着别的人。与那个看守别墅的人完全不同，这里的新主人热情而文明地接待了他们。这点上，他们还是幸运的。他把他们请进屋，给他们端来咖啡。他是位非常好的主人，一位讨人喜欢的对话者。他告诉他们，他是个作家，从克拉约瓦搬到这个边缘城市。除了一些日常生活中的不便，这里还是他最喜欢的地方。所以，他希望能在这里静静地写作。这套房子是从杜米内亚先生那里买的。杜米内亚突然改变了生活方式，卖掉了所有的家当，放弃了蒸蒸日上的生意，把一切都捐给了林间的那个修道院，用来修建教堂，并和妻子一起搬进了修道院。极端的行为让所有认识他的人，以及这一带的人都哑口无言。

马太·帕维尔和他的朋友又回到了多瑙河边的林子里。这次他们上了左边那条布满树林的小道，寻找着前政府官员认为是教堂的工地。

他们很容易就找到了想找的地方，就像是有人在给他们指路一样。只是这里的变化也很大。教堂、树林和附属建筑都被高大的院墙围了起来，像是一座城堡，不让外界窥探里面的任何事情。

他们来到巨大的木门前，使劲敲了敲，还大声喊了几声。没有回应，好像墙那边根本没有人居住，或者那些人根本听不见他们的喊声。

除了耐心等待有人给他们开门，他们没有想出别的办法。两个逃亡者坐在草地上，消磨时光。他们会时不时地走过去，越来越不自信地在那扇硬质木门上敲几下。这扇门，在他们看来，犹如一个庞然大物，不可一世，无法逾越。

"门总会开的，总会有人出来或进去。"特奥多尔·布莱诺维奇说道。

他席地而坐，捡着小石子，小心地瞄着前面杨树墩子上的某个白点，扔过去。

墙的那边，只能看见高出院墙的树冠和教堂的钟楼。

"快盖完了。"马太·帕维尔看着钟楼换了话题，"再盖两三米就可以抹灰封顶，放上十字架了……"

"万一门不开呢?!"画家继续着令他担忧的话题，好像根本没有听见同伴的话。

夜幕慢慢降临，随之令人眩晕的寂静笼罩了整个树林，在这寂静中，任何声响，就连他们自己的呼吸，都被放大，令人毛骨悚然。

此刻，两个人都在想同一个问题：他们的灾难和痛苦还没有结束，如此快、如此容易就摆脱像西格佛雷德这样的人，简直是不可能的。他们太天真了，西格佛雷德的集中营可不是某个旅馆的房间，你说声再见，把钥匙一交就可以一走了之。不可能，绝对不可能。你不可能完全逃脱西格佛雷德的控制，至少你得明白一点，你得接受一个赤裸裸的事实，那就是，想离开西格佛雷德的集中营，简直就是妄想，就像一只飞虫想从一只被狮子吞食的鹰的嘴里逃脱一样。

那天晚上，他们决定睡在汽车里，因为再去找住处已经太晚了。

早晨，他们又回到了那扇沉默的大门前，开始敲门。但还是没有结果，他们又只能等待，但等也是白等。

将近两个小时之后（或许四个小时，他们已经没有了正确的时间观念），附近终于出现了人的身影。是个牧羊人，在狗的帮助下赶着他的羊群。

画家急忙上前询问，希望从这个当地人那里得到些信息：

"告诉我们如何才能见到修道院里的人？我们从昨天起一直在这里苦苦等待。"

"噢，你们敲门啊!"他回答道，并未停下步子。

"您碰到过、见到过他们吗？"特奥多尔·布莱诺维奇坚持追问道。

"我有时能见到他们，但是，我说不准什么时候、在哪里能见到他们。他们有他们的规矩，我只放我的羊。我是山里人，只想着家里的事。"牧民说着，和他的羊群一起消失在树丛中。

与牧民的交谈使他们陷入沉思，引起了他们的警觉。马太·帕维尔和特奥多尔·布莱诺维奇不无担忧地商量着该怎么办。不知为什么，两个人都有一种隐隐约约的感觉，这里将是他们旅途的终点，再往前已经没地方可去了，他们必须留下来。

于是，他们点了点钱：马太·帕维尔已身无分文，他的那些蓝色的、崭新的、闪闪发亮的、面值为一百马克的钱币都已变成了一沓沓发黄的旧报纸；画家还有些列伊和数额可观的美元。

他们来到城里，在港口一个临时搭建的兑换所里换了钱，又去了市中心，走进一家紧挨着一座在第一次世界大战中牺牲的一名战士的雕像的大商店，买了毯子、罐头、矿泉水、厚衣服、气垫子、睡袋、一个塑料桶、一个水盆和一些别的东西。最后，他们还买了一个又大又结实的帐篷，这让售货员很是吃惊，因为在这里从来没有人买过帐篷。

带着这些生活必需品，他们回到林中，在修道院和多瑙河之间搭起了帐篷。他们在靠近泉水的林间空地选了一个比较隐蔽的地方。

春天特别美丽，也很照顾他们，他们没有遭遇恶劣天气。就这样，他们在自己奇特的领地，在只有他们两个居民的国度开始了新的生活。

就算大门不向他们打开，知道在他们附近有个教堂，他们也感到舒服。教堂的存在对他们来说是一剂药，多瑙河、森林、泉水以及这荒野的宁静都对他们产生了有益的效果。

所有这些都在帮助他们生存下去，帮助他们暂时忘却西格佛雷德，帮助他们不再感觉到背后西格佛雷德那刺耳的呼吸声。所有这些都减弱着他们的恐惧，但不能让他们摆脱恐惧，就像一个发烧的人服用了抗生素后，体温降下来了，但是不能完全退烧。

遗憾的是，教堂禁地对被困心灵的影响不只是治疗作用，而是有着双刃的作用。一方面，教堂的存在确实让他们恢复信心，给了他们一种安全感；而另一方面，引发了他们越发强烈的惶恐不安，他们不能进入这神圣之地，大门一直无情地关着，他们无法知晓沉默的高墙里面所发生的一切。所有这些都让他们深感焦虑。

可以设想一下，高墙那边，隐居着的小团体过着正常、节制和安逸的生活，而两个饱受威胁的逃亡者却凭着想象构建着一个完全不同于真实世界、比真实世界还要生动的世界，因为他们没有接触到高墙里面的那个世界。每天，无论是熟睡中还是醒着的时候，在他们的眼里和脑海里，总是播放着他们自己编造的一个个有关里面发生的恐怖的、变形的生活片断。

第二十四章

　　自他们在河边的林中搭起帐篷，已经过去了十五天。那是一个傍晚，一个完美无瑕、魅力无穷的春天的傍晚，置身其中犹如进入天堂，生命常驻。

　　马太·帕维尔和特奥多尔·布莱诺维奇在多瑙河边。他们钓了鱼，准备回到他们那小小的营地。可是，迷人的景色却深深地吸引着他们，使他们久久不愿离去。他们又坐在热烘烘的细沙上，看着红彤彤的太阳在水的那边落下。一艘拖船从他们前面驶过，就像是一队充满幻想，却无精打采的蜗牛。

　　特奥多尔·布莱诺维奇以他画家的天赋，深深地被黄昏和谐的景色和色彩吸引。他的心情出奇地好。这段时间以来，他很是自闭，几乎很少和马太·帕维尔交谈。他被恐惧、噩梦折磨着，以至于后来陷入了不安的忧伤，再后来又堕入了深深的冷漠中，但他不愿与他人分享这一切。

　　而此刻他谈兴很浓。他请求前政府官员在这个迷人的地方再多呆一会儿，画家说的每个字都明显带着说不出的忧伤。马太·帕维尔很是吃惊，他朋友与他说话的口气，很像是到了生命的最后时刻，随时都会离开这个世界。

　　"马太先生，您害怕吗？"特奥多尔·布莱诺维奇问道，像是坦白，并开始触及一直以来都在极力回避的东西，"我非常非常害怕。这是一种巨大的、混浊的恐惧，我很想有朝一日能把它表现在我的作品中。"

"我也害怕。"帕维尔答道,期待此次谈话能弄清他们目前的处境。

"我害怕,"特奥多尔·布莱诺维奇继续道,"我相信我们走到了尽头,已经不容许我们再往前了。我还坚信,我们也无法回头了。我们的背后已筑起了一堵墙,我们就好像是被钳子夹住了一样。我们……如果您感兴趣,我可以告诉您,最近一个星期,我什么事都没做,一直在等待您的西格佛雷德。我几乎无法思考,无法呼吸,无法和您交谈。我肯定,他把我们围困了起来,战胜了我们。他每时每刻都会出现。我等着他。您至少还见过他,和他说过话,抗争过。可是我呢……不瞒您说,我很想见他,这是我唯一的希望,是它支撑着我活下来的。"

从沙滩上一棵孤独的树的窟窿里,飞出了一只灰林鸮。它那令人恐怖的叫声,揭示了夜幕的降临。

"要是西格佛雷德不来呢?他会来的。看,那就是他的鸟。"马太·帕维尔说着,并没有想刻意缓解气氛。

沉默片刻后,前政府官员继续道:

"我很想知道您的想法。就算我们现在真的如您所说那样处于前后被困,像是被钳子夹住一样动弹不得,您觉得我们还有继续的可能吗,哪怕是理论上的?"

灰林鸮笨拙地扑扇着翅膀飞走了,消失在越来越浓重的夜幕中。

"坦白地说,我也想过这个问题,企图找出一个答案。有两种可能,不,三种。"画家以屈从的语气说道,"第一,放弃抗争,屈从于西格佛雷德,也就是请求和他休战,接受他的条件,成为他的臣民。第二,就是赢得抗争,取得胜利,解放自己。第三,不分胜负,不屈服,也不获胜,生活在两个世界之间,就像现在,既有他又没他。"

"解放自己?"马太·帕维尔重复道,强调着他能接受的方案,"但怎么做?"

"这个，我也有一个方案，"特奥多尔·布莱诺维奇回答道（这时，他换成了一种平静而均衡的语气），"这个神奇的方案很简单，随手可得，可以说是一个公开的秘密，大家都知道，只是只有极少数人才意识到。可以说很简单，但也很难，几乎是难以实现的。那就是，我们必须把西格佛雷德从我们的脑子中剔除出去，换成一个更加强大、另一种类型的崇拜物。那只能是上帝。信仰，马太先生，信仰是唯一的、古老的和毋庸置疑的通道，这里容不得半点偏离。但是，我重复一遍，这条路表面上看起来很方便、很容易接受，其实却异常艰难、狭窄，很难通行。"

画家的话在前政府官员的心中引起了意想不到的反响。他记住了他朋友说的每一个字，并坚信得到了非常宝贵的忠告，就像一个勘探者，徒劳地挖遍了自家院子的几乎所有地面，却在一个遗漏的角落发现了神奇的金矿脉。

那天晚上回到他们的帐篷后，马太·帕维尔就把离开修道院时嬷嬷给他的那本《新约》找了出来，一直把它带在身边，白天看，晚上在昏暗的油灯下还看，他满怀热情，静静地读着这一行行充满活力的文字。他奇怪，以前没有这本书，他的日子是怎么过的。

在接下来的某一天，特奥多尔·布莱诺维奇暂时从禁锢自己的忧伤和冷漠中走出（如果这种错综复杂的情绪可以想象的话），向马太·帕维尔提供了一把解脱精神牢狱十分重要的钥匙。

画家是这样说的：

"您还记得那天我们留宿的那个修道院吗？早上，临走前，您留下来收拾行李，而我去参观教堂里的壁画。我跟您说过的，那里的很多画都让我震惊，其中有一幅画很特别。我不知道当时有没有意识到。现在看来和我们有关，一定有关系，画面中有两个人物，一个普通人，在他家里；另一个是上帝，在外面，正在走近普通人的家。他们之间是一扇关着的门，把他们分隔开。到此为止一切都很正常。我想指出一个令人震惊的细节：门只有里面才有把手，只有人才能把它打开。换句话说，只有得到人的允许，并接纳他，上帝才能进入他的家。人必须先迈出第一步，他必须把门打开。"

马太·帕维尔惊异、释然地看着画家。确实，对方突然给了他解决问题的明确办法，甚至是脱离西格佛雷德的具体方法。他现在非常清楚，那就是信仰之路。他就是那个必须按动门把手的人，他必须打开门，等着上帝，把自己奉献给他。只能这样。

奇怪的是，这些与西格佛雷德抗争的具体方法，这种积极的态度，这个由画家自己找到的赎罪方式，对前政府官员起到了决定性的作用和影响，使他找到了走出迷魂阵的小道，而对画家却一点也不起作用。对他来说，它们只是些废话，不是解决问题的方法，更不能从内心改变他。

他试图摆脱这种状态。他请求他的朋友从城里买来颜料、画笔，以及别的一些绘画所需的东西，花了几天的时间来作画，但他却发现自己的绘画技巧和才能丢失殆尽。画出的线条根本不像样，也不知道如何调色了。他完全变成了另外一个人，忘记了一切，像个无助的孩子，只会画一些笨拙的图案。他绝望地撕毁了所有那些荒谬的粗制滥造之物。这次重操旧业的失败，无可救药地把他扔进了一片迷茫之中。

他内心充满恐惧，等待着西格佛雷德的到来，他每时每刻都在想象着西格佛雷德的到来，他觉得他很快就会出现。现在对他来说，每小时，每分钟都是那么漫长。可是，西格佛雷德就是迟迟不出现，画家对西格佛雷德的恐惧慢慢转变成了疲惫，然后又转化成了悲伤。

这种悲伤有点虚无缥缈，无边无际，把他包裹，将他淹没，就像不断上涨的水淹没了大地，而且是永远地淹没，不久那里就会成为鱼的栖息地。

不知不觉中，画家已经没有了悲伤。作为人，布莱诺维奇已经内力耗尽，他不再想念妻子，也不再想念吉娜，不再想念他的孩子，还有他的城市——佛尔谢特，一个可以回去的地方，一个可以让他重新开始生活的地方。他也不再和马太·帕维尔说话,甚至已经感觉不到他的存在,更意识不到自己在什么地方。

特奥多尔·布莱诺维奇已经消耗殆尽,现在他只是一个空洞的躯体。

在五月初一个异常美丽的晚上,画家睡了过去,再没有醒来。

第二十五章

在同一天晚上，马太·帕维尔离开了他们的营地，朝教堂走去。他全然不知他的朋友已经去世。

他在草地上的一个橡树墩旁坐下，望着修道院的外墙。

当画家被悲伤的情绪吞噬时，马太·帕维尔经历了一种截然相反的内心洗礼。

他非常仔细地观察着自己内心的蜕变，这是一个不可避免的过程。在这个过程中，他发现自己的内心萌发出了一种新的能量，这种能量不断地壮大，那是完全不同于来自好愚弄人的西格佛雷德那些虚幻和荒唐的能量。等他把这些新的能量充满全身后，他变成了另外一个人，一个全新的人，这一切来得极其迅猛。

他思量着这个来路不明的新能量的来源，他告诉自己，这一定来自信仰。

他开始相信自己。于是，他便变得越来越庞大。

他把自己的变化想象成如下的一幅场景：他把一个比他原来的自己要强大的他停留在空中。通过信仰，他获得了一种神奇的力量，能够轻而易举地腾空，就像借助了杂技演员的云梯一样。他上升到一个理想的"我"的位置，并和原来的自己比较着、辨别着。通过信仰，他完成了这个上升。这幅景象就像《圣经》里说的"谁信谁就能踏水行走"一样，改变了世界的规律。

"一切都是内心的问题。已经开始并正在进行中的世界末日，都在内部，在我们的头脑和内心进行，不在外部。而这个救命的至高能量的源泉——信仰，也只在我们的头脑和内心中才能找到。"马太·帕维尔一边自言自语，一边稍显激动地盯着修道院的墙。这时，在马太·帕维尔看来，那里已经不再是一个禁闭的地方，一个不可逾越的地方，而是一个有上帝存在的地方。

"要是钟楼马上能完工就好了。"马太·帕维尔心里想着。

墙的那边响起了钟声。马太·帕维尔感到奇怪，怎么从来也没有听到过这钟声。天开始渐渐发亮，四周的景色变得清晰起来。钟声停了，但当当的回声还荡漾在耳际，犹如羽毛轻轻飘落在滚烫的脸颊上。四周又是一片静谧。马太·帕维尔不敢再动一下，他屏住呼吸，以免惊扰这片宁静。

突然，他听到一阵撕裂声，掺杂着不同寻常的轰鸣声。循声望去，他看到教堂的钟楼像一棵庞大的青草一样，在他面前立了起来。这过程只用了二三十秒时间。马太·帕维尔兴奋地看着教堂的钟楼竖起来。他对此并不感到惊愕，没有晕厥，更没有恐惧，表现得非常平静。他相信他所看到的是真实的事情，因为他太希望它能尽早完工。

他从草地上站起来，毫不犹豫地往前走去。他认为决定性的时刻到了，因为他已经做好了一切准备。他将去打开那扇拴着的大门，跨过边界，永远离开一个地方，去另外一个地方。

在一片辽阔的原野上，马太·帕维尔在一个石头十字架旁停了下来。不远处，从小丘陵那边，清晰地传来多瑙河的水流声。

马太·帕维尔在胸前画了个十字，双膝跪下，在地上磕了个头，大声喊道：

"上帝啊，我的上帝！"

顷刻间，他感觉那个沉重的、无法描述的恐惧离他而去。他感到一阵轻松，就像有人从他胸前把他一直扛着的石磨搬走了一般。

恐惧从他体内飞出，聚集在空中，活像一只坠入河中淹死的黑鸟。

马太·帕维尔感到逐渐恢复了原样,有了寒冷和疼痛的感觉,记忆也回来了:从前的生活场景潮水般涌入了他的脑海。他,还是原来的他,但是没有了那个被称之为"恐惧"的器官。

"蓝色东欧"译丛(部分书目)

第一辑

- **《石头城纪事》**(小说)
  【阿尔巴尼亚】伊斯梅尔·卡达莱 著　李玉民 译

- **《错宴》**(小说)
  【阿尔巴尼亚】伊斯梅尔·卡达莱 著　余中先 译

- **《谁带回了杜伦迪娜》**(小说)
  【阿尔巴尼亚】伊斯梅尔·卡达莱 著　邹琰 译

- **《石头世界》**(小说)
  【波兰】塔杜施·博罗夫斯基 著　杨德友 译

- **《权力之图的绘制者》**(小说)
  【罗马尼亚】加布里埃尔·基富 著　林亭、周关超 译

- **《罗马尼亚当代抒情诗选》**(诗歌)
  【罗马尼亚】卢齐安·布拉加等 著　高兴 译

第二辑

- 《**我的疯狂世纪（第一部）**》（传记）
  【捷克】伊凡·克里玛 著　刘宏 译

- 《**我的疯狂世纪（第二部）**》（传记）
  【捷克】伊凡·克里玛 著　袁观 译

- 《**我的金饭碗**》（小说）
  【捷克】伊凡·克里玛 著　刘星灿 译

- 《**一日情人**》（小说）
  【捷克】伊凡·克里玛 著　高兴、杜常婧 译

- 《**终极亲密**》（小说）
  【捷克】伊凡·克里玛 著　徐伟珠 译

- 《**等待黑暗，等待光明**》（小说）
  【捷克】伊凡·克里玛 著　杜常婧 译

- 《**没有圣人，没有天使**》（小说）
  【捷克】伊凡·克里玛 著　朱力安 译

- 《**花园里的野蛮人**》（散文）
  【波兰】兹比格涅夫·赫贝特 著　张振辉 译

- 《**带马嚼子的静物画**》（散文）
  【波兰】兹比格涅夫·赫贝特 著　易丽君 译

- 《**海上迷宫**》（散文）
  【波兰】兹比格涅夫·赫贝特 著　赵刚 译

- 《**父辈书**》（小说）
  【匈牙利】瓦莫什·米克罗什 著　许健 译

第三辑

- 《乌尔罗地》（散文）
  【波兰】切斯瓦夫·米沃什 著　韩新忠、闫文驰 译

- 《路边狗》（散文）
  【波兰】切斯瓦夫·米沃什 著　赵玮婷 译

- 《第二空间——米沃什诗选》（诗歌）
  【波兰】切斯瓦夫·米沃什 著　周伟驰 译

- 《无止境——扎加耶夫斯基诗选》（诗歌）
  【波兰】亚当·扎加耶夫斯基 著　李以亮 译

- 《捍卫热情》（散文）
  【波兰】亚当·扎加耶夫斯基 著　李以亮 译

- 《索拉里斯星》（小说）
  【波兰】斯塔尼斯瓦夫·莱姆 著　赵刚 译

- 《遗忘的梦境——查特·盖佐短篇小说精选》（小说）
  【匈牙利】查特·盖佐 著　舒荪乐 译

- 《流星——卡雷尔·恰佩克哲理小说三部曲》（小说）
  【捷克】卡雷尔·恰佩克 著　舒荪乐、蒋文惠、程淑娟 译

- 《神殿的基石——布拉加箴言录》（箴言）
  【罗马尼亚】卢齐安·布拉加 著　陆象淦 译

- 《十亿个流浪汉，或者虚无——托马斯·萨拉蒙诗选》（诗歌）
  【斯洛文尼亚】托马斯·萨拉蒙 著　高兴 译

第四辑

- **《耻辱龛》** (小说)
  【阿尔巴尼亚】伊斯梅尔·卡达莱 著　吴天楚 译

- **《三孔桥》** (小说)
  【阿尔巴尼亚】伊斯梅尔·卡达莱 著　施雪莹 译

- **《接班人》** (小说)
  【阿尔巴尼亚】伊斯梅尔·卡达莱 著　李玉民 译

- **《绝对恐惧：致杜卞卡》** (小说)
  【捷克】博胡米尔·赫拉巴尔 著　李晖 译

- **《严密监视的列车》** (小说)
  【捷克】博胡米尔·赫拉巴尔 著　徐伟珠 译

- **《雪绒花的庆典》** (小说)
  【捷克】博胡米尔·赫拉巴尔 著　徐伟珠 译

- **《温柔的野蛮人》** (小说)
  【捷克】博胡米尔·赫拉巴尔 著　彭小航 译

- **《无常的夏天》** (小说)
  【捷克】弗拉迪斯拉夫·万楚拉 著　张陟 译

- **《赫贝特诗集（上、下）》** (诗歌)
  【波兰】兹比格涅夫·赫贝特 著　赵刚 译

- **《垃圾日》** (小说)
  【匈牙利】马利亚什·贝拉 著　余泽民 译

第五辑

- 《壁画》（小说）
  【匈牙利】萨博·玛格达 著　　舒荪乐 译

- 《鹿》（小说）
  【匈牙利】萨博·玛格达 著　　余泽民 译

- 《两座城市：论流亡、历史和想象力》（散文）
  【波兰】亚当·扎加耶夫斯基 著　　李以亮 译

- 《另一种美》（散文）
  【波兰】亚当·扎加耶夫斯基 著　　李以亮 译

- 《思想的黄昏》（随笔）
  【罗马尼亚】埃米尔·齐奥朗 著　　陆象淦 译

- 《着魔的指南》（随笔）
  【罗马尼亚】埃米尔·齐奥朗 著　　陆象淦 译

- 《乌村幻影》（小说）
  【罗马尼亚】欧金·乌力卡罗 著　　陆象淦 译

- 《裸浴场上的交响音乐会——罗马尼亚20世纪小说精选》（小说）
  【罗马尼亚】诺曼·马内阿等 著　　高兴等 译

- 《颠倒的天堂——立陶宛新生代诗选》（诗歌）
  【立陶宛】阿纳斯·阿里舒斯卡斯等 著　　远洋 译

- 《魔鬼作坊》（小说）
  【捷克】雅奇姆·托博尔 著　　李晖 译

第六辑

- 《简短，但完整的故事》（小说）
  【波兰】斯瓦沃米尔·姆罗热克 著　茅银辉、方晨 译

- 《三个较长的故事》（小说）
  【波兰】斯瓦沃米尔·姆罗热克 著　茅银辉、林歆、张慧玲 译

- 《挑衅以及其他故事》（小说）
  【阿尔巴尼亚】伊斯梅尔·卡达莱 著　蔡雯琴 译　宋学智 审校

- 《洋偶》（小说）
  【阿尔巴尼亚】伊斯梅尔·卡达莱 著　蔡雯琴 译　宋学智 审校

- 《天堂超市》（小说）
  【匈牙利】马利亚什·贝拉 著　余泽民 译

- 《墓地情事》（小说）
  【匈牙利】马利亚什·贝拉 著　余泽民 译

- 《蓝色阁楼里的物品》（小说）
  【罗马尼亚】阿德里亚娜·毕特尔 著　陆象淦 译

- 《两天的世界》（小说）
  【罗马尼亚】乔尔杰·博勒耶泽 著　董希骁、Mara Arion 译

- 《生活边缘的女孩》（小说）
  【罗马尼亚】米尔恰·格尔特雷斯库 著
  张志鹏、林慧芬、陈进、李昕、高兴 译

- 《希特勒金钱》（小说）
  【捷克】拉德卡·德内玛尔科娃 著　姜蔚茜 译

• 部分书名为暂定，以出版时为准 •